죽은 토토와
곧 죽게 될 나 자신에게

This book published with the support of
Translation Grant Program, Ministry of Culture, Republic of China (Taiwan).

———

이 책은 타이완 문화부로부터 번역 출판 제작 기금을 지원받아 출간되었습니다.

몽마르트르 유서

蒙馬特遺書

LAST WORDS FROM MONTMARTRE

蒙馬特遺書 (LAST WORDS FROM MONTMARTRE)
by 邱妙津 (QIU MIAOJIN)
Copyright © 1996 by Qiu Miaojin
All rights reserved.

Published in agreement with The Grayhawk Agency,
through Danny Hong Agency.
Korean translation Copyright © 2021 by Oomzicc Publisher.

몽마르트르
유서

蒙馬特遺書
LAST WORDS
FROM
MONTMARTRE

邱妙津
QIU MIAOJIN

구묘진 지음
방철환 옮김

ᅘ又ᄊᄊ OOMZICC
PUBLISHER

차례

일러두기

1. 본문의 각주는 옮긴이 주이며
   일부 편집부에서 보완했습니다.

2. 『蒙馬特遺書(1996)』의 편집을 그대로 따랐습니다.
   편지 순서는 고故 구묘진 작가의 뜻에 따라 뒤섞이며,
   열일곱 번째 편지는 반복해서 등장합니다.

3. 인명은 『악어 노트』와의 일관성을 유지하기 위해
   한자음대로 표기했습니다. 단, 솜의 경우 이름의 음이
   아닌 뜻을 살렸습니다.

그녀에게 있어 지나간 어린 시절이란 마치 인생의 고질병처럼 그렇게 낯설었다. 그녀는 차츰차츰 삶이 행복하지 않더라도 사람이 여전히 살아갈 수 있음을 알게 되었다. 행복을 파괴하면서 그녀는 전에 볼 수 없던 많은 사람들을 만났다. 그들은 하나같이 애써 고통을 참고, 견디고, 기뻐하며 일했다. 애나가 가정을 갖기 전에 겪었던 일은 스스로 다다를 수 있는 임계를 넘지 않았다. 한결같지 않은 행복에 뒤섞인 격정적인 흥분을 겪고서야 그녀는 마침내 모종의 이해 가능한 것, 성년 생활을 창조했다.
그토록 그녀가 원하고 선택한 대로.

—

클라리시 리스펙토르, 『사랑』

Sa jeunesse antérieure lui semblait aussi
ètrange qu'une maladie de la vie. Elle en
avait peu à peu émergé et découvert que,
même sans le bouheur, on pouvait vivre: en
l'abolissant, elle avait rencontré une légion de
personnes invisibles auparavant, qui vivaient
comme on travaille—avec persévérance,
assiduité, joie. Ce qui était arrivé à Ana
avant d'avoir un foyer était à jamais hors
de sa portée: une exaltation perturbée qui si
souvent s'etait confondue avec un bonheur
insoutenable. En échange elle avait créé
quelque chose d'enfin compréhensible, une vie
d'adulte. Ainsi qu'elle l'avait voulu et choisi.

—

CLARICE LISPECTOR, 『Amour』

만약
이 글이
출간된다면,

책을 읽는
사람들은
어느 부분에서
읽기 시작해도
괜찮다.

글을 쓴
시간상
연관성 외에

내용
구성간의
필연적인
연관성은

의도하지
않았다.

Witness

증인

　내 모든 것을 바친 단 한 사람이 날 버렸다. 솜絮·Xu이라는 여자다. 삼 년 남짓한 우리 결혼 생활의 결정체인 토끼 토토. 솜이 파리에 남겨 놓은 토토마저 잇따라 세상을 떠났다. 모두 45일 안에 일어난 일이다. 차디찬 토토의 시신은 지금 내 베개 옆에 누웠고, 솜이 보낸 아기 돼지 인형은 토토에게 기대었다. 지난밤 내내 나는 토토의 새하얀 시신을 안고, 이불 속에서 소리 죽여 울었다.

　영.

　내가 날마다 밤낮으로 끊임없이 슬픈 것은 잘못된 세상 때문도, 병으로 쇠약해진 몸의 통증 탓도 아니다. 나는 여린 마음에서 비롯된 상처 때문에 슬픈 것이다. 너무나도 많이 다친 내 영혼이 슬프다. 다른 사람들과 세상에게는 많은 것을 주었지만 정작 나 자신은 잘 살아내지 못한 것이 가슴 아프다. 세상에는 잘못이 없어. 잘못은 부서지기 쉬운 내 영혼에 있겠지. 도처에 널린 폭력에서 벗어날 수 없는 한, 오래도록 마음의 병을 앓을 수밖에 없다.

　영.

　너처럼 나도 이상적인 사랑을 이룰 수 없구나. 이미 한 사람에게 모든 것을 쏟았으나, 세상은 받아들이지 않았다. 세상은 내 헌신을 하찮은 것으로 여기고 심지어 비웃기까지 하는데, 여린 마음이 어떻게 상처받지 않을 수 있겠어? 영, 서로 상처 주지 않는 세상이 되면 좋겠다. 그렇지 않니? 차라리 우리가 상처받을 모든 유희를 한꺼번에 멈추는 편이 나을까?

영.

난 이미 현실에서 완벽한 사랑을 꿈꾸지 않아. 그냥 혼자 좀 잘 살아 보려고 해. 다시는 상처받지 말자. 또다시 상처받을 일을 만들지 말자. 세상에 널린 폭력이 싫다. 아직도 곳곳에 많은 폭력이 존재한다면, 그런 세상에서는 살기 싫다. 진실한 사랑의 꿈은 이미 중요하지 않아. 중요한 것은 나에게 다시 상처 주는 사람이 없는 삶이다.

영.

널 믿고 가까이 여겨. 하지만 나 홀로 여기서 슬픔을 멈출 수 있을까? 내가 비록 세상에서 받은 상처라든가, 상처 준 사람과 화해한다 해도 과연 이 슬픔이 사라질까? 왜 세상에는 이렇게 많은 폭력이 존재할까? 숱한 상처를 견딘 내 영혼이 다시금 버틸 수 있을까? 이 상처들은 어떻게 해야 사라질까? 내 영혼은 상처들을 소화시키고 또다시 새로운 생활을 펼칠 수 있을까?

영.

어쩌면 세상은 과거와 여전히 똑같을지 몰라. 예전에 넌 세상이 충돌하지 않는다 해도 자체적으로 균열되기를 바랐잖아. 하지만 세상에는 잘못이 없어. 세상은 여전히 그대로 파괴적일 뿐. 세상에는 별로 잘못이 없어. 다만 내가 상처받는 것뿐. 나는 정말 내가 받았던 상처를 소화시킬 수 있을까? 만약 내가 상처를 소화시키지 못한다면, 상처는 내 삶에 계속 상처를 주겠지. 내 슬픔과 내가 받은 상처를 드러낸다고 위로받을 수 있을까? 정말 내 마음 속 깊이 삶을 받아들이고 더 강해질 수 있을까?

영.

인간 세상을 너와 함께 버티니 외롭지는 않아. 넌 나처럼 삶을 주도하지. 넌 내 삶을 이해하고 깊이 사랑해. 하지만 나는 변해야만 해. 그렇지? 어떻게 변해야할지는 모르겠어. 완전히 다른 사람이 되고 싶어. 나 자신을 위해 괜찮은 일은 단 하나야. 신분과 이름을 바꿔 살아가는 것. 난 울어야만 해. 다른 사람으로 변해서 살아야 해.

영.

난 이미 영원하고 완벽한 사랑을 꿈꾸지 않아. 더 이상 믿고 싶지 않다. 내 인생에 두 번의 영원하고 완벽한 사랑이 모두 사라져 버렸으니. 난 이미 익고, 시들고, 떨어졌지. 영, 난 이미 완전히 타올라 활짝 꽃피어 봤어. 한 번은 너무 어려서 잘못됐고, 다른 한 번은 너무 늦어서 일찍 떨어져 버렸지. 하지만 비록 한순간 짧은 개화였어도, 완전히 활짝 꽃피었고, 이제 남은 것은 망가진 사랑의 의미를 마주할 책임이겠지. 나는 아직 살아 있으니까.

Letter One
첫 번째 편지

4월 27일

○

솜.

지금은 1995년 4월 27일 새벽 3시다. 네가 사는 타이완은 아침 9시. 토토는 26일 자정에 눈을 감았다. 토토가 죽고 스물일곱 시간이 지났다. 아직 토토를 묻지 못했기 때문에, 토토와 작은 상자는 내 방에 머물러 있다. 토토를 센강^{Seine江}에 수장시키지 말라는 네 부탁대로 토토에게 작은 묘지를 찾아 줄 것이다. 아직 적당한 장소는 찾지 못했다.

스물일곱 시간 동안 나는 토토와 함께 죽은 것처럼 침대에 누워 지냈다. 나를 스스로 방에 가둬 마음껏 널 생각하고 토토를 생각했다. 한 달여 동안 원망과 상처 말고는 없었다. 네가 필요하고 그리웠던 건 아니다. 내 고통이 그리움보다 컸다. 이 시간 동안 또 지난날의 나처럼 글로 전부 털어놓는 것도 할 수 없었다. 네게 쓴 편지들은 격렬한 욕망의 형식이었기 때문에……

토토가 헛되이 죽게 두지 말고 죽음에 의미를 부여하기로 마음먹었다. 그렇게 하지 않으면 난 토토가 죽었다는 현실에 적응할 수 없고, 죽음을 받아들일 수도 없으며, 결국 계속 살아갈 수 없을 것이다. 스스로 되뇐다. 토토를 위해 책을 한 권 쓰면서, 다시는 네게 말하지 않고 이 편지에 사랑을 묻어 버릴 것이다. 아니면 토토를 위해 계속 널 사랑하고, 조건 없이 너를 사랑하면서, 그해 연말에 바치는 완전히 자유분방한 한 세트의 편지, 뜨거운 사랑의 글을 쓰자고.

한달음에 서른 통의 편지를 썼다. 이번 달에 먼저 네게 줄 편지다. 지난해 연말처럼 오직 널 위해 썼다.

나는 네가 부럽다. 완전하게 영혼을 바친 아름다운 사랑을 얻은 네가 부럽다. 그 사랑은 여전히 성장할 것이고, 다듬어 조절될 것이며, 재앙을 겪고도 다시금 돌아올 것이다. 계속 생생하게 살아서 새로운 모습의 사랑을 키워 갈 것이다.

부담스럽게 생각하지 말아 줘. 나는 다만 아직 네게 줄 것이 있을 뿐. 줄 수 있어서 주는 것뿐이다. 달콤한 즙은 아직 깨끗이 짜지지 않았다. 모든 상처들은 아직 네 몸에 감긴 내 끈을 완전히 끊어 내지 못했고, 난 다시 네 곁으로 돌아와 너를 위해 노래한다. 비록 그 끈은 네가 잘라 거의 끊어질 지경으로, 흔들리는 한 가닥 실오라기처럼 걸렸으며, 언제 네가 또 잔인하게 끊어 버릴지 모르지만, 그러기 전까진 끈을 잡고 오르며 온 마음을 다해 노래하려고 한다.

솜, 날 한 마리 물소로 바꿔 버려. 전에 넌 날 위해 오랫동안 물소가 되어 주었고, 물소 역할은 행복하다고 말했지. 다신 물소 노릇 하지 마. 물소 말만 하다가 아파서 도망가지 마. 안 될까? 널 위해 물소가 되길 원하는 내가 있으니까. 넌 물소가 있을 자리를 정해 주고 그곳에 머물면 되는 거야. 그냥 편안히 거기 있으면 돼, 안 될까? 아무리 잔인하다 해도 어떻게 네가 사랑했던, 또 널 사랑한 지 삼 년이 된 물소를 독하게 쫓아낼 수 있겠어. 다신 돌아오지도, 존재하지도 말라고 없앨 수 있겠어? 정말이지 늙은 물소는 네가 돌볼 가치도 없고 마음에 거리낌도 없는 존재니? 난 이미 삼 년 동안 널 미치도록 사랑했어. 모든 것을 네게 주었고, 철저하게 널 사랑했다. 지금은 어수선한 발걸음과 머리칼을 단정하게 하고, 다시 네 곁에서 널 사랑할 준비를 해. 이런 늙은 물소가 정말 길거리의 아무 소와 같은 거니? 말해 줘. 네가 계속 보살피면서 좋은 풀을 먹인 물소가, 이미 증명된 소가 설마 네가 원하는 생활이나 인생과 사랑을 모르겠어?

여기서 내가 겪는 일, 지켜본 관계들 모두 오랫동안 진실로 대한 폭풍 속 사랑이다. 이것이야말로 내가 버티려는 것이며 아무 대가 없이 주고 지불하고 물을 대려는 것이다. 시련을 이겨 낼 수 있어야 진정한 사랑이라 말할 수 있겠지. 내가 간절히 원하는 건 고통을 견디고도

손에 손을 잡고 함께 서 있을 우리 두 사람이다. 끊임없이 대가를 치르면서 세월에 씻기고 닳고도 여전히 살아 있는 사랑을 갈망한다. 솜, 나는 이제 젊지 않고 가볍거나 조급하지도 않고 철부지도 아니다. 내가 간절하게 원하는 것은 너를 위해서 영원히 진실하고 견고한 물소가 되는 것이다. 진심으로 널 사랑하고, 네가 인생에서 진정 의지할 수 있는 물소가 될 것이다. 나는 물소에 대해 구체적인 그림을 그렸단다. 널 사랑하는 내 잠재력이 얼마나 큰지 보여 줄 것이다. 네가 의지할 수 있는 물소로 성장할 것을 맹세해. 난 이게 어떤 의미인지 잘 알고 있다.

'두 사람의 사랑이 정말 영원하다면, 밤낮으로 함께 있는 것이 중요할까요?'내가 무척 좋아했던 말이야. 지금 마침내 나 자신을 위한 말이 되었다.

1992년에서 1995년 사이 난 이미 적지 않게 성장했다. 또 이미 많은 사랑의 도리를 깨닫고 실천했어, 그렇지? 하지만 내 마음은 마찬가지로 여전히 뜨겁다. 솜, 너는 모른다. 설령 네 사람들이 너로 하여금 나를 떠나 다른 사람을 사랑하게 할지라도, 네 몸이 다시 또 많은 사람들을 거친다 할지라도, 난 신경 쓰지 않아. 이런 것 때문에 널 멀리 떠날 수도, 배반할 수도, 사랑하지 않을 수도 없다. 내게 있어 너 역시 똑같으며 변할 수 없는 존재다. 이것이야말로 네게 말하고 싶은 가장 중요한 말이란다. 비록 지난 한 달 동안 가장 깊은 시련을 거치며 고통스러웠지만, 나는 걸어 나왔고 내 사랑은 여전히 살아 있다. 오히려 더 심오하고 함축적이며, 힘차게 달려갈 것이다.

그래서 계속 네게 열려 있을 수 있고, 이런 편지를 쓸 수 있어. 이해하니? 나에 대한 네 갖가지 배반과 사랑 없음은 정도가 어떻든지 내 사랑을 막을 수 없으며, 우리가 마주할 때의 고통이나 단절을 만들지 못했다. 지난 날엔 말할 수 없었고 지금에서야 비로소 입을 열어. 이유는 토토의 죽음이 날 어느 깊은 곳으로 데려가 네가 얼마나 필요한지 깨닫게 했기 때문이며, 널 더 사랑해도 된다고 알려 줬기 때문이다.

이번 생에서 만약 널 다시 만날 기회가 있다면, 네가 어찌어찌해서 내게 속하지 않는다거나 네가 결혼해서 아이를 낳았다는 이유로 너에 대한 열정이 바뀌지는 않을 것이다. 만나면 무릎을 꿇고 온몸에 입맞춤할 여자, 전부를 갖고 싶은 여자, 너는 내게 영원한 그녀, 그 사람이다. 하지만 만약 네가 나를 계속 원하지 않는다면, 어쩌면 나는 함께할 다른 사람을 찾을지도 몰라. 내 사랑은 사납고 내 욕망도 한창이니까. 만약 네가 나를 원한다면, 나는 널 위해 신체적인 욕망들을 참고, 네가 내게 주고 싶을 어느 때까지 계속 참을 수 있다. 하지만 만약 내가 싫다면, 네가 말하지 않아도 아니까 말할 필요 없어. 내 몸은 다른 사람을 찾을 거고, 인생에서 더 많이 즐기고 더 창작하겠지. 그럼에도 내 영혼은 언제나 네게 속해 있으며, 언제나 널 사랑하고 언제나 너와 말할 생각이지만. 만약 내 몸과 영혼이 합치될 수 없고, 같은 사람의 몸에 내 영혼과 육체의 욕망을 안치할 수 없다면 이 또한 내 비극이다. 이미 난 살면서 이런 비극을 짊어질 준비가 되어 있어. 하지만 나는 둘 다 포기하지 않을래. 내가 살면서 할 수 있는 만큼 둘 다 즐기면서 창조할 거야.

넌 '헌신'이 뭐냐고 물었지? 헌신이란 바로 내 몸과 마음을 모두 네게 주는 것. 모든 것을 네게 안치시키고 아울러 네 몸과 마음을 원하는 것이다. 넌 또 왜 다른 사람이 아니라 너냐고 물었지? 왜냐하면 일찍이 내가 다른 사람에게 그처럼 온전히 몸과 마음을 준 적이 없고, 또 누군가를 그처럼 몸과 마음을 다해 갈망한 적이 없기 때문이다.

경험의 문제다. 어쩌면 다른 여러 사람들과 사랑을 할 수도 있겠지, 몸이든 마음이든. 하지만 철저하고도 깊은 우리 사랑에 미치지 못할 것임을 알아. 내 심신이 네게 속하길 바란 것만큼 다른 사람에게 내 심신이 속하길 바랄 수 없고, 네 모든 것을 원하는 만큼 다른 사람을 원할 수 없어. 없어. 그런 사랑은. 정도의 문제다. 내게 있어 널 사랑하는 것은 어떤 사랑도 다다르지 못할 사랑이다. 이것을 네가 알고 있을까? 그래서 너야, 바로 너. 내 몸과 영혼 깊은 곳에 다른 사람이 있을 수 없어. 이미 네가 날 거부하고, 날 사랑하지도, 내게 속하지도 않지만. 여전히 네게 큰소리로 알린다. 우리는 서로 사랑했고 서로 속했으며 서로 기여했다. 우리 몸과 마음이 열렸던 것이며 소통했던 일을 달리 누구와 대신할 수 없다고. 네게 알리고 싶어. 넌 조에Zoë •의 심신을 가장 많이 받아들였던 한 사람이고, 가장 많이 사랑하고 알았던 한 사람이다. 날 사랑했고, 받아들였고, 내 노래를 이해했던 하나뿐인 너이기에, 조에가 진정으로 완전히 타오르는 것도 네 손으로만 가능한 일이다. 그러니 어떻게 내가 널 사랑하지 않을 수 있겠어? 네가 나를 버려서 다시는 널 위해 불타오를 수 없다면, 내 삶은 너무나 큰 고통과 폭동에 휩싸이게 될 거야. 넌 이미 우리가 함께 갈 수 없다고 말했지. 어쩌면 다른 사람이 내 삶에 들어올 수도, 지금의 너보다 더 많이 주고 더 많이 이해할 수도 있겠지만. 난 네게 계속 알리고 싶어. 지난날 네가 내게 주었던 것들, 통했던 것들, 서로 사랑했던 깊이는 무엇과도 비교할 수 없는 전무후무한 것임을. 그렇기에 비록 내가 절망했고, 네게서 답장이 없더라도 나는 여전히 내 영혼을 다해 널 사랑한다.

Tu es le mien, je suis le tien.
당신은 내 것, 나는 당신의 것.

영원히, 넌 내 것, 난 네 것. 누구도 내게서 널 빼앗지 못하고, 네게서 날 빼앗지 못해.

●   조에. 목숨만큼 소중한 내 사람이란 뜻으로 화자인 나의 애칭.

넌 지금 사막을 걷는 것 같다고 말했지. 난 느껴. 넌 아직 내게 완전히 무감각할 수도, 무감정할 수도, 무정할 수도 없는 거야. 중요한 건 네가 날 받아들일 수도 있다는 한 가닥 희망이겠지. 그렇다면 아직 네게 기여할 수 있다고 나 자신에게 말할 수 있어.

아직 필요한 것이 남았는지 모르겠어. 사막을 걷는 네가 안타깝다. 네가 밟을 단단하고 작은 땅을, 네가 먼 곳에서나마 바라볼 수 있는 작고 푸른 오아시스를 주고 싶어. 네가 현실에서 다시 떠돌지 않고, 다시 마음속으로 도망가지 않길 바라. 모두 내 잘못이야! 난 기회를 잃었지. 하지만 가만있자, 만일 이 단어들을 땅의 작은 플롯으로 삼고 내 인생을 주춧돌로 한다면 네게 중심점을 만들어 줄 수 있어. 그래도 될까?

Letter Two

두 번째 편지

4월 28일

○

솜,

지금은 1995년 4월 28일 새벽 1시다. 두 시간 전 토토를 땅에 묻고 장례를 끝마쳤다.

네 부탁을 어기지 않은 셈이다. 몽스니Mont Cenis 옆 작은 삼각 공원에 내 손으로 토토를 직접 묻었다. 내심 만족스러웠으며 더 이상의 슬픔은 없었다. 토토가 세상을 떠난 지 만 이틀이 지났다. 이틀 동안 토토는 계속 내 방에 머물렀다. 내 삶과 관계된, 사랑하는 생명체의 죽음을 겪는 일은 처음이었다. 그저 사라졌고 다시는 존재하지 않는다.

조금씩 회복 중이었던 나는 토토의 갑작스러운 죽음으로 손써 볼 수 없이 고독한 감정에 빠져들었다. 마치 방금 전 다리 하나를 겨우 세워 평형을 회복한 삼각 의자에서 다리 하나가 또 갑작스레 잘려 나간 것처럼. 또 다시 온종일 먹지도 마시지도 못하는 우울 상태였고, 죽음의 기운이 내 주위를 빙빙 돌았다. 네가 말했듯이, 난 왜 또 이토록 고통스러워하나, 왜 조금의 면역도 없나. 모르겠어. 내 감수성은 지나치게 열려 있다. 민감한 Susceptible*, 바로 이것이다. 불교에서 말하는 이염易染**이다. 이런 기질이 바로 내 병이고 내 천성이며, 내 보물이고 또한 내 치명적 결함이기도 하다.

아침에 토토를 묻는 일로 걱정을 많이 했다. 토토를 수장水葬하지 말라는 네 당부로 땅에 묻어야 했는데, 네가 토토를 보러 올 수 있다는 면에서 뜻깊은 일이기도 했다. 하지만 친구들까지 동원해 여기저기 알아봐도 장소를 못 찾았다. 게다가 동물 묘지는 너무 비쌌다. 카미라Camira는 심지어 쓰레기통에 버리라고 조언했다. 토토의 몸은 죽은 지 이틀이나 지났고, 더 이상 미룰 수 없었다. 나는 토토의 시신이 부패될까 걱정했고, 무엇보다 네 뜻을 저버리게 될까 두려웠다. 오후 들어 토토를 안장하기 위해 기운을 차렸다. 이러면 네가 우리 둘을 걱정하지 않겠지. 아빠가 토토를 보살필게.

● 감수성의, 또는 감수성자感受性者. 어떤 세균이나 바이러스 등에 감염될 수 있는 성질. 감염증에 대해 자연적 또는 인공적 방법에 의한 면역이 생기지 않은 개체.

●● 영향받기 쉬움. 『장수경長壽經』에서 바사닉왕波斯匿王을 가까이 받드는 여섯 신하 중 여섯째의 이름.

침대를 붙잡고 일어나 네게 보내는 첫 번째 편지를 부치고, 집에 돌아오는 길에 나를 위한 샴페인 빛깔 장미 열 송이(나중에 아영阿鶯·Ying한테 세 송이를 줬음)와 두꺼운 파란색 초(지금 내 곁에 있음), 흙 파는 삽 한 자루를 샀다. 세탁기에 든 덜 마른 옷을 입었다(지금은 잘 마른 새 바지로 갈아입음). 도쿄 공항에서 샀던 가족 선물(아빠와 언니 남편에게 줄 넥타이 세 개, 엄마와 언니에게 줄 가죽 지갑 두 개)을 포장했다. 우체국에 편지 부치러 갔을 때 반짝 생각이 떠올라 너를 위해 네 종류의 서른 장짜리 멋진 우표도 샀다. 네가 보내 준 책과 음반들은 뜻밖의 기쁨이었거든. 집에 오는 길에 수요水遙·Shui Yao에게 내가 잘 있음을 알리려고 전화했으나 받지 않았다. 윙윙대는 녹음기에 영화 「중경삼림重慶森林」과 「애정만세愛情萬歲」에 대한 감상 평을 남겼다. 땅거미가 질 무렵 집에 왔다. 저녁밥으로 양파 소고기 볶음과 스크램블드에그, 마카로니를 만들었다. 텔레비전 뉴스를 보고 방으로 들어와서 네가 보내 준 오페라 선곡을 들으며 서른 장의 우표를 편지 봉투들에 붙이려니 이상하게 행복했다. 경진輕津·Qing Jin에게 전화해 만나기로 약속했고, 흔평欣平·Xin Ping과는 바이올린 배우는 일에 대해 이야기했다. 저녁 먹기 전 백경白鯨·White Whale한테 토토를 잘 묻었냐는 독촉 전화도 왔다. 통화하는 김에 나도 그녀의 탭댄스 레슨을 독촉했고, 백경도 내게 논문 진도를 물었다.

열한 시가 되자마자 나는 토토를 위한 작은 상자를 안고, 공구를 둘러멘 채 슬며시 문밖으로 나왔다. 공원 문은 이미 모두 잠겼다. 사람들에게 들킬까 겁나서 후미진 곳을 찾았고, 몰래 담장을 넘었다. 나무숲 안으로 깊숙이 들어간 뒤 경찰이 오는지 주변을 살피면서 비교적 굵은 나무들 뒤에 숨어 흙을 팠다. 비가 내린 뒤라 흙은 무르고 부드러웠다. 적당한 크기로 흙을 파고서 토토의 시신을 상자에서 꺼냈다. 토토 몸이 흙에 직접 닿아서 속히 부패하기를 바랐다. 촉촉하게 젖은 그 커다란 식물을 토토는 분명 좋아할 것이다. 엄마 아빠와 함께 찍은 사진, 토토에게 쓴 두 편의 고별 편지, 토토보다 먼저 죽어 버린 건초, 커다란 털 브러시, 토토가 갖고 놀기 좋아했던 두루마리 화장지까지 모두 토토와 함께 흙 속에 묻었다. 토토의 몸은 여전히 예뻤고 이틀 동안 더 부드러워진 것 같았다. 나는 푸른 수건으로 토토를 감싸고 그 위에 토끼 사료를 올려 준 뒤 흙을 모두 제자리로 덮고 나서 발로 꼭꼭 다져 주었다.

순간 너무 울고 싶어졌다. 네 부탁을 어기지 않았다는 것, 토토의 귀엽고 작고 하얀 몸을 다신 볼 수 없다는 생각이 떠올랐다. 무라카미 하루키가 말했던 '내 손으로 시신을 묻는 일'을 처음으로 겪었다. 하루키는 6년 동안 두 마리의 고양이를 자기 손으로 묻었다. 나는 이 고독하고 아름다운 도시 파리에서 혼자 몇 마리의 토토를 묻어야 하며, 몇 번이나 비밀스러운 사랑을 해야 할까? 토토와 너를 위한 사랑을 '내 손으로' 직접 묻었다. 내 사랑은 왜 이렇게 진흙 속에서 끝나고, 오직 환영과 메아리만 남게 됐을까? 숌, 넌 나를 오해했어. 나는 토토의 아빠 역할을 맡을 만큼 충분하진 않았어도, 토토를 함부로 대하진 않았지. 마음을 다해 토토를 돌봤다. 토토가 죽었을 때는 용감한 아빠였어! 네가 보내 준 음반 안의 여섯 번째 곡 생상스Saint-Saëns의 〈그대 목소리에 내 마음 열리고Mon cœur s'ouvre à ta voix*〉가 토토의 죽음을 마주한 지금 내 기분이야……

숌, 성당 끝 입구를 통해 공원으로 들어가면 두 번째 등받이 없는 긴 벤치의 오른쪽 큰 나무가 보일 거야. 나무 아래 건초 몇 가닥이 보이는 흙이 조금 올라온 곳. 샴페인 색 장미 묶음이 꽂힌 땅. 그곳이 바로 우리가 사랑했던 토토와 우리 사랑의 안식처란다. 몽스니 거리의 작은 삼각 공원!

● 　오페라 「삼손과 델릴라」 중 1막 델릴라가 부른 사랑 노래.

Letter Three
세 번째 편지

4월 29일

○

솜,

오후 네 시가 좀 넘어 전화 한 통이 왔다. 어제 저녁 너무 늦게까지 편지를 쓴 탓에 하루를 시작하지도 못하고 침대에 누웠다. 순간 네가 토토 장례 일로 전화한 건 아닐까 싶었다. 하지만 일어나 받을 여유도 없이 전화벨 소리가 멈췄다. 네 전화였을 거라는 생각을 그만두었다. 이런 노력은 엄청난 재앙의 시기를 떨칠 수 있게 한다. 너는 아마도 몇 방울의 진심 어린 관심을 짜내느라 무리하지 않을 것이다.

솜, 이번 달에 네가 했던 행동들은 잘못됐다. 나에 대한 네 태도는 옳지 않아. 네게 쓴소리를 해야겠어. 사람이 사람을 대하는 입장에서 말하자면, 내가 너보다 나이가 많다 하더라도, 또 네가 아무리 어려서 철이 없다

하더라도, 모든 사람은 살면서 자기가 한 일과 타인에게 범한 잘못에 책임을 져야 한다. 누구도 마음속 책임에서 자유롭지 못하며, 나도 마찬가지다. 나는 살면서 타인에게 저지른 죗값을 치르는 중이다.

사람과 사람 사이에는 정과 의리가 있다고 믿는다. 정과 의리의 내용이나 범위는 두 사람 사이의 묵계와 서약으로 정해지는 것이다. 두 사람의 내적 생활과 인격의 통일성이 높을수록 더 정직하고 성실하게 묵계를 지키면서 산다. 반대로 통일성이 너무 낮으면 타인에게 끊임없이 잘못을 저지르고 내적 생활에 혼란이 생기며, 선택의 여지없이 자기 정신을 완전히 폐쇄하게 된다. 이러한 '통일성'이 바로 가브리엘 마르셀Gabriel Marcel● 이 탐구했던 충성忠誠·fidélité의 핵심이다. 이번 달에 나는 마르셀을 연구했고 그의 관념을 내 삶으로 온전히 이해했으며, 그의 사상을 총체적으로 깨우칠 수 있었다. 나는 친한 친구를 만난 것처럼 기뻤다. 바이올린을 배우려고 한 이유도 마르셀에게 감동받았고 그를 따르고 싶었기 때문이다.

● 　프랑스의 철학자·극작가(1889~1973). 키르케고르와 야스퍼스 계열에 속하는 유신론 실존주의의 대표 학자로 알려져 있으나 그 자신은 정반대의 입장에 있는 장 폴 사르트르와 결부되는 것과 실존주의라는 말을 싫어해서 자기 입장을 신소크라테스학파 등으로 불렀다. 신은 객체화할 수 없는 '너'이며 참된 실재實在이고, 희망으로 지탱되는 성실에 의해서만 자기와 타인의 자유가 실현된다고 했다. 저서로 『형이상학적 일기(1927)』, 『존재와 소유(1935)』, 회곡 『갈증(1939)』, 『밀사(1949)』 등이 있다.

네게 마르셀의 철학과 예술에 대해 더 많은 이야기를 할 수 있는 기회가 남았을지 모르겠다. 네가 좋아하거나 감동할지도 모르겠고. 어쩌면 나는 네 인생을 대신 설명하거나 네 선택을 대신할 수 없겠지. 하지만 나는 네게 보낸 첫 번째 편지부터 명확한 내면생활의 청사진을 제시하면서 네 마음의 좌표를 밝히려고 한다만. 그렇지 않니? 네 내면생활은 나와 공생하고 있어. 네가 완전히 닫거나 없애지 않는 한 그 내면세계는 나 이외 누구도 완벽하게 만족시킬 수 없다. 세계가 남아 있는 한 나와 계속 소통하길 원할 것이다. 또 내가 살아 있는 한 내 목소리를 듣길 원할 것이며 내 정신이 뿜어내는 노랫소리를 갈망할 것이다.

물론 너는 이런 갈증과 욕망들을 마비시킬 수도 있겠지. 하지만 그 세계는 이미 네 삶 속에 태어났다. 너도 그게 무엇인지 이미 맛보지 않았니? '영혼'이 존재하는 것은 사실이야. 네 영혼과 내 영혼은 완벽하게 똑같고 조화로운 것임을 차차 알게 될 것이다. 네 세계의 일부는 우리가 조금씩 물을 대고 보살피고 일군 결실이지. 축복이야. 그럼에도 최후에는 우리의 폭력으로 막히고 좌초되어 닫히고 각자 버려졌다. 인간 세상의 애정 관계는 그것이 어떤 형태든지 간에 두려울 것 없고, 생활이나 신체 혹은 기타 자물쇠가 채워진 오랜 관계도 크게 두려울 것 없다. 대신 하나뿐인 집, 자궁으로 근원의 영혼이 서로 귀속된 관계가 가장 어마어마하고 단단한 것이다. 이런 관계는 늘 살아 있기 마련이며, 그렇기에 인류는 단절하고 유대를 부인하면서 또한 초월하지 못하고 고통을 느낀다.

마침 원리를 깨달았다. 그래서 이 혼란의 시대에 나는 네게 간단한 결론 하나만 말하려 한다. 우리 사이에 단절*rupture*을 없애자. 지난 한 해 동안 대체 무슨 일이 일어났는지 나도 차츰 선명하게 알겠다. 내 격렬한 분노와 네 봉쇄. 내겐 무슨 문제가 있었고 네겐 무슨 문제가 있었을까……. 나는 더 이상 나에 대한 정보를 네게 받을 필요가 없어졌고, 내 스스로 미로를 벗어나 길을 찾았고 밀림 밖으로 걸어 나왔지. 이 모든 혼란의 근원은 다른 사람이나 다른 사람을 향한 네 욕망에 있지 않다. 그건 별로 중요하지 않아. 중요한 것은 우리 사이의 영적인 소통이 막힌 일이며, 둘 사이에서 자란 감정의 흐름이 막힌 일이다. 하지만 네 배반의 의미는 단단히 새겨졌다. 미래에 네가 대가를 치러야 할 때 너는 내 일부 혹은 전부를 잃게 될 것이며, 너에 대한 내 가장 아름답고 귀중한 충성을 잃는 대가를 치르게 될 것이다. 이것은 아무도 너에게 줄 수 없는 것이다. 충성은 피동적이고 수동적인 문지기 자세가 아니다. 충성은 누구의 삶 내부로부터 완전히 타오르는 것으로, 일종의 적극적 의지적 열망이며 완전한 자각성과 실천성이 필요한 것이니까.

나는 또 네가 '세속'과 '비세속'이라는 이분법으로 우리 사이에 차이를 두거나 우리 사이의 불화를 해석하는 것이 못마땅하다. 절대 동의하지 않아.

'세속 생활'이 요구하는 것은 수동적이고 도덕적인 '충성'이다. 내 부모님과 네 부모님이 다들 그렇게 살아가며 세속 생활 안에서 표준 합격자가 되려고 애쓴다. 하지만 배우자로서 외부적인 관계 외에 두 사람 자체의 내부 생활은 무척 적고 얕다고 할 수 있다. 그들에게 영적 요구가 필요하지 않거나 열정으로 인한 고통이 전혀 없는 것은 아니며, 다만 외부 세계로 관심을 돌리거나 다른 방식으로 열정을 해소할 뿐이다. '세속 생활'을 하면서 삶의 구조를 분리하는 것은 그들의 선택이다. 선택할 여지도, 상상력도 없었던 것이다.

만약 네가 이런 이유로 나를 '비세속 사람'이라 말한다면, 맞다. 그런 '충성'과 '세속 생활'은 내게 있어 확실히 의미 없어. 나는 메마른 생활과 영혼은 정말 원치 않아. 만약 네가 바로 그런 사람이고 그런 생활에 적합하다고 말한다면, 그렇겠지. 그렇다면 난 고통을 받지 않을게. 만약 네가 그런 사람이고 그런 사람이 되길 바란다면 나도 너와 아무 관련이 없을 테고 근본적으로 네가 필요하지도, 너라는 사람을 갈망하지도 않을 것이다. 나와 현현炫炫·Xuan Xuan의 관계가 이런 괴리의 예이며, 나는 결국 현현에게 상처를 주었다.

생활의 모든 부분을 완전히 현현에게 의지하고 내 마음대로 현현의 사랑을 취하면서도 사실 내 영혼은 그녀를 필요로 하거나 갈망하지 않았다. 나는 그저 책임을 다해 현현을 보살폈으며, 현현을 위해 돈을 벌고, 생계를 함께하고, 현현의 말을 듣고, 현현을 보호했다. 마땅히 내가 해야 할 일을 모두 하는 것. 나와 현현이 지냈던 일이 바로 도덕적인 '충성'과 '세속 생활'이다.

현현의 마음은 나와 같지 않았음을 나중에야 깨달았다.

현현은 내 열정을 간절히 원했으나 나는 아니었고 진정으로 내 마음을 그녀에게 줄 수 없었다. 더 잔인했던 것은 내가 내 영혼을 네게 다 주고 네 몸 위에서 찬란하게 타오르는 것을 현현이 지켜봤다는 사실이다. 그녀는 보았고, 이해했고, 모든 일을 겪었다. 마치 0과 100의 차이 같았기에 현현은 거의 무너질 듯이 고통스러워했다. 나는 현현에게 잘못을 저질렀다. 이것이 너도 연루되었던 나의 실패한 '세속 생활' 이야기다.

내가 이해하지 못해서 세속 생활을 할 수 없다거나 세속 생활에 속하지 않는다고는 말하지 마. 반대로 내게 진정으로 세속과 비세속 두 가지 생활을 동시에 포용할 능력이 있음을 발견했다. 세속 생활은 강력하게 내 체내에 녹아 있고 내 삶 속에 있다. 심지어 너는 사랑을 위한 내 욕망의 씨앗 깊숙이 세속 생활이 숨겨져 있다고 말할 수도 있다. 대다수 사람들의 발육 순서와 반대로 내 인생은 먼저 강렬한 정신력부터 성장하고 그런 다음에 욕망과 능력, 현실 세계가 자랐다. 사랑을 위한 욕망의 씨앗은 충분히 자랄 수 없었다. 대신 내 삶의 양분을 모두 빨아들이며 비극적인 결과를 낳았다. 네가 프랑스에 오고 반년 동안 나는 이 씨앗으로 꽃을 피워 결실을 맺고 빛나는 세속 생활을 하려고 마음먹었다. 하지만 봉쇄한 채 내 사랑에 불응하는 너로 인해 엄청난 혼란과 자멸의 시기로 말려들었다. 네 배반으로 고통을 겪은 뒤 나는 영을 만나러 도쿄로 갔다. 몸과 정신이 마비되고 무너진 그 한 달 동안 영은 나를 맡아 보살폈다. 영은 내게 처음으로 자신을 열어 보였고, 내 그리움과 고뇌의 짐을 가볍게 덜어 줬고, 내가 그토록 간절히 바랐던 열정과 소통을 나눠 줬다. 그제야 나는 지난 일 년 동안 대체 나에게 무슨 일이 일어났는지 문득 깨달았다.

나와 영에 대해 말하자면 무척 지난하고 밀도 있는 관계라서 두세 마디 말로 요약할 수 없다.

영은 정말로 나를 사랑하는 일에 깊은 책임을 졌다. 영의 사랑이 비록 절대적인 것은 아니었으나 어쩌된 일인지 내 씨앗은 꽃을 피우고 열매를 맺었다. 영은 삼 년간의 성숙으로 나에 대한 사랑을 스스로 알아챘고, 아울러 사랑을 책임질 준비를 했다. 내게 있어 이것은 하나의 구원이었다. 영은 사랑으로부터 무엇을 원하는지 스스로 알았기 때문에 이해에 대한 대가를 치르고 몸소 책임진 것이다. 나는 영을 완전히 소유할 필요 없이 깊은 사랑을 받을 수 있었고 또한 병이 깊어 깜깜했던 내 삶도 빠르게 회복되었다. 내 세속 생활의 잠재력도 다시 꽃을 피우고 열매를 맺기 시작했다.

영 때문에 나는 회복하고 싶었으며 다시 건강하고 온전한 사람이 되고 싶어졌다. 영의 사랑에 감동했기 때문에 영(특히 영의 세속 생활에 대한 부분)을 부양할 수 있는 강건한 사람으로 성장하고 싶었다. 영은 오랫동안 온당치 못한 사람을 사랑했기에 사실 이미 영혼의 일부분이 고통을 받았으며 병이 들었다. 영은 내가 네게 맹세한 것처럼(하지만 넌 내게 맹세하지 않았지) 다른 사람에게 맹세한 적이 있다. 내가 언젠가 너에 대한 책임을 완전히 내려놓는 때(언제냐고? 어쩌면 그날 너와 나는 완전히 무관해질지도 모르겠어. 말을 꺼내기가 얼마나 슬픈지.)가 되면 내 평생에 마지막까지 기다릴 사람이 영이라고 믿는다. 영은 이미 내 인생에서 영원히 존재해. 영은 진정으로 나를 필요로 하고, 그 필요에는 고도의 배타성과 선택성이 있어서 오직 내가 아니면 안 되며 그 자리에 있을 수 있는 다른 사람은 없어. 만약 네가 없다면 결국 나는 영과 우리 미래의 가족을 사랑하게 될 거야. 또 언제나 영을 보호하고 아낄 준비를 해서 종국에는 망가진 삶의 짐을 함께 짊어질 유일한 사람이 되겠지. 더 소중한 일은 영과 내가 이미 서로를 용서했다는 거야. 나와 영은 이미 욕망과 소유를 완전히 초월한 관계를 맺었고, 나는 욕망으로부터 해방되어 구원을 받을 수 있었다. 영은 내게 처음으로 '창조적인 충성'을 일깨운 사람이다. 우리가 각자의 자리로 돌아오기 전에 영은 내게 무슨 수를 써서라도 열정의 대상을 찾으라고 했지. 나는 영을 위해 살아남을 것이며 영을 돌볼 수 있는 온전하고 건강한 사람으로 살아남을 것이라고 답했어.

숌, 너에 대해서는 경진에게 말했지. "내 불운은 내 완벽한 사랑을 받아들일 수 없는 사람을 위해 온전히 헌신한 거야."

아직도 길고 긴 숙고와 경험들이 너무 많이 남아서 여기에 쓰려고 해. 다만 일고 여덟 시간씩 계속 쓰다 보면 나는 허허롭고 지칠 대로 지치겠지. 그렇지만 숌, 비록 진리는 아닐지 몰라도 마지막 단어들로 몇 가지만 정리해도 될까?

(1) 배반에 대하여

지난 한 달간 너는 내 삶과 내 의지와 내 몸을 배반하는 고문을 했다. 나는 이미 혐오와 치명상을 감당하는 대가를 치렀다. 네가 내게 가할 수 있는 가장 고통스러운 배신이었다. 나는 죽지 않았고 여전히 살아 있으며 점점 더 회복될 수 있을 것이다. 하지만 네 영혼은 날 결코 배신하지 못해. 네 영혼은 계속 날 간절히 원하면서 내게 속하겠지. 네 관점에서 보면 나의 완전한 배신은 너를 다치게 할 수 없다. 너는 이런 것들에 대해 진심을 다해 신경 써 본 적이 없으니까. 또 독점욕이 어떤 건지도 분명하게 알지 못하잖아. 하지만 내 영혼이 널 배신한다면 고통받게 될 거야. 너는 내가 영혼을 다른 사람에게 완전히 바치고 다시는 네게 관심 갖지 않는 것을 냉정하게 볼 수 없을 거란다. 만약 그날이 온다면 너는 고통스럽게 대가를 치르겠지. 아직은 버티지만 내 영혼은 네게서 미끄러지려 한다.

(2) 열정과 성에 대하여

솜, 네가 날 원하지 않는 게 아니야. 네 몸은 아직 욕망할 만큼 자라지 않았다. 네 신체적인 욕망은 아직도 네 영적인 욕망과 조화를 이룰 수 없어. 둘은 일관성이 없어서 서로 협력할 수 없지. 욕망이 끝난 게 아니라 네 욕망이 아직 다 자라지 않은 거야.

신체적인 욕망을 성욕으로 분류하는 것은 쉽다. 하지만 영적인 욕망과 조화를 이룰 수 없다면 정신과 육욕 사이에 단절이 생길 수 있다. 궁극적으로 열정과 성은 신체로만 발동되는 것이 아니라 두 영혼 사이의 진심 어린 연대에서 발동되는 것이다. 영혼이 진정으로 사랑하고 서로 만족할 수 있다면 몸뿐 아니라 생활의 여러 요소들도 자연스럽게 제자리에 놓이고 하나가 되어 일하며 조화를 이루겠지. 솜, 언젠가 네 몸의 욕망이 성숙해져서 누군가를 욕망할 수 있게 될 때 너는 나를 원하게 될 것이다. 하지만 그때 우리 사이에 단절이 없어야겠지.

우리 삶이 조화롭고, 영혼 안에 사랑이 있으며, 우리 몸까지 서로에게 만족하게 된다면, 너 역시 가장 간절하게 원하는 사람이 나라는 걸 깨달을 거야. 왜냐하면 네 영혼은 누구보다도 나를 가장 사랑하기 때문이야. 그래서 나는 놓친 것들을 상관하지 않고 우리 영혼이 나눈 사랑의 교감을 잃지 않으려고 애쓰는 중이다.

(3) 내 폭발과 네 봉쇄에 대하여

솜, 너는 정말 날 사랑하길 멈추지 않았어. 넌 정말 날 사랑하지 않을 수 없지. 하지만 길고 긴 일 년 동안 너는 나를 사랑하지 않는 것처럼 행동했다. 너는 나를 사랑하지 않는 것을 암시하는 많고 많은 일을 해냈지만, 그럼에도 나는 너와의 관계를 완전히 못 끝낸다. 왜냐하면 네가 나를 아직 사랑하고 내 영혼을 갈망한다는 것을 느꼈기 때문이야. 비록 그 사랑이 모두 미약하고 비뚤어진 방식으로 나타났지만.

모든 일은 내 '책망'에서 시작되었지. 네가 파리로 온 뒤로 책망은 시작됐다. 나는 우리들이 정말 가엾다. 서로에게 반한 완벽한 한 쌍의 연인이 뜻밖에 이런 과정을 거치게 될 줄은! 난 네가 필요했지만 위로받을 수 없었어. 억압되고 의존적인 네 성격, 내 열정에 대한 몰이해, 이런 격정적인 고통을 감당하지 못한 네 낭패감까지……. 이 모든 것들로 널 탓했지. 나는 지난 3월과 4월에 모든 불만을 폭발시켰고, 넌 나를 봉쇄했잖아. 너무 슬프다! 이후 상황이 갈수록 나빠졌지. 나는 걷잡을 수 없이 '폭발'했고, 너는 장기간의 '봉쇄'에 빠졌으니까. 네가 나를 봉쇄한 그날부터 너는 정신적인 혼란과 미몽에 빠지기 시작했다. 그것은 더 깊은 좌절과 불만의 원인이 됐어. 결국 너는 날 사랑한다는 뜻을 표현하기를 멈췄지. 아니 정반대로 나를 사랑하지 않는다고 되풀이했어. 내가 너를 탓하고 완전히 히스테리 상태에 함몰되는 동안. 우리는 피차 서로를 이렇게 만들었잖아. 그중 가장 큰 잘못은 내 책망하는 마음이고 그것은 나의 너무 많은 실수 중 첫 번째지. 지금껏 네가 믿었고 깊이 사랑했으며 너의 마음을 연 사람, 네 열정에 기여한 사람은 완전히 널 이해하고 조건 없이 포용하며 네가 어른스럽지 못해 불만스럽더라도 진정으로 책망한 적이 없는 사람이었으니까. 파리에 오기 전, 나는 네게 그런 사람이었지. 비록 네가 내 정신과 욕망의 요구만큼 충분히 자라지 못했고 나와 연대할 만큼 충분히 성장하지 못했지만 너는 여전히 내게 철저하게 헌신했다. 파리에 오기 전 나도 네 철저함에 감동했고 그 안에서 완전한 안식을 얻었지. 그 시절 우리는 완벽했으며 서로 통했고 훌륭하게 어울렸다.

파리에서의 일상이 절망으로 나를 병들게 하기 전까지 모든 것은 괜찮아 보였어. 네가 이해할 수 없는 생활의 절망감이 우리 사이의 소통을 가로막았지. 네 안에서 비밀스러운 자기혐오가 자라나는 동안 나는 널 더 탓했어. 이 모든 비난은 널 좌절하게 했고, 좌절 또 좌절하면서 마침내 나를 봉쇄하기에 이른 거야. 나는 네 믿음, 네 개방성, 네 사랑, 네 헌신을 잃었어. 하지만 가장 비극적인 것은 나의 병적인 폭발이 네 자신감과 평정심을 짓눌러 무너뜨린 일이야. 이제 너는 내게 정직, 신뢰, 용기, 책임의 가장 기본적인 행동조차 할 수 없게 됐지. 그저 네가 더 이상 내 사람이 아니라는 표현만 한다. (정말이지, 숌은 이런 사람이 아니다. 내가 너무 잘 아는 내 신앙이며, 열렬히 날 사랑했고 내가 무릎을 꿇어 경배하는 숌은 정반대의 사람이다. 숌이 변해서 사라진 게 아니라 내게서 숨었을 뿐이다.) 이번 한 달 동안 나는 신앙을 모두 상실했기에 정신이 철저히 무너진 것이다. 이 또한 내 비극의 절정이다.

숌, 네가 더 이상 조에를 사랑하지 않거나 조에가 필요하지 않게 된 것이 아니야. 반대로 네가 너무 온 마음을 다해 조에를 만족시키려고 해서 좌절하고 무너진 거지. 처음에 완전히 널 열어서 조에를 미친 듯이 사랑할 때도 넌 전력을 다했어. 나중에 완전히 널 봉쇄해서 더이상 조에를 사랑할 수 없을 때도 넌 여전히 전력을 다했지만 지쳤고 크게 좌절했지. 그래서 조에를 버리기로 선택한 거야. 하지만 넌 조에를 완전히 버리지는 못했어. 왜냐하면 네가 조에의 사랑을 받아들인 뒤 넌 한순간도 조에를 사랑하는 것을 멈춘 적이 없고 조에의 영혼에 연결되는 것을 멈춘 적이 없으니까. 너는 조에가 네 삶에서 차지했던 거대한 공간을 지울 수 없고 조에로부터 네 운명을 빼낼 수 없어. 조에를 만족시키고 조에와 가까워지기 위해 자랐던 것을 멈출 수 없어. 그래서 내가 네게 말하려는 것은 이것이란다. 사랑하지 않는 것이야말로 정말 널 혼란스럽게 하는 것이며 네 욕망의 본질을 해치는 것이다. 솜, 네 첫사랑은 다른 어떤 것과도 비교할 수 없고 그 흔적도 지울 수 없어. 네 몸과 영혼은 내게서 깊은 욕망을 받았으며, 난 널 맹렬하게 사랑했지. 네 몸과 영혼에 처음으로 파고든 가장 완벽하고 아름다운 흔적이었어! 네 연인인 나는 이토록 철저하게 네게 나를 바쳤고 진정으로 네게 속해. 그런데 너는 정말로 우리 욕망의 완성을 잊을 수 있다고? 가능할까? 요즘 네가 애쓰는 것처럼 네 정신을 완전히 봉쇄하지 않고서야 그럴 수 있겠니?

결자해지結者解之. 네 영혼은 내가 놓아주지 않는 한 결코 감금에서 풀려날 수 없어. 만약 네가 다시 돌아와 내 영혼과 소통할 수 없고 네 생활을 내게 개방할 수 없다면, 너도 그 사막에서 떠날 수 없으며 네게 출구가 되어줄 다른 사람도 찾을 수 없을 거야. 너는 자기 영혼하고도 소통하지 못하고 점점 내가 싫어하고 전혀 원치 않는 사람이 되어 가겠지. 나는 끈이 잘린 연처럼 찢어진 채로 날아가 다신 돌아오지 않을 거야……. 나는 네가 다시 돌아와서 이야기하고 날 신뢰하고 널 개방할 수 있기를 바라. 네가 봉쇄 상태를 깨고 자유로워지길. 그러기 위해서 나는 너를 향한 애원도 비난도 멈춰야만 해. 조에의 조건 없는 사랑을 네가 다시 기억하고 원하게끔 해야 해. 이것은 네 삶의 중심이고 네 잠재의식의 요구일 뿐 아니라 내 욕망이기도 하단다. 이것이 내가 할 수 있는 전부야. 나는 이전의 이상을 마음속에 새기며 좀 더(너무 많진 않게) 성장해 보려고 애쓰는 중이다. 내가 얼마나 멀리 갈 수 있을지 보려고 최선을 다한다. 이번 귀향에 있어서 너는 내게 어떤 움직임도 요구할 수 없어. 널 사랑하는 정확한 자리로 돌아올 수 있는 건 오직 나 자신의 몫이니까. 만약 내가 실패한다면 우린 틀림없이 서로를 잃게 되겠지. 마지막 속눈썹 한 올조차 남기지 못한 채. 나는 내 운명과 죽음의 일전을 벌이고 있어. 네가 나를 도와주길, 모르는 사이에 작은 힘이라도 보태 주길, 너를 향한 욕망에 상처 주는 말과 행동으로 나를 밀어낼 수 없기를(최소한으로 줄어들길), 나를 낭떠러지로 밀지 않길, 내가 너를 사랑하기에 강하게 쥐려 하는 우리 사이의 끈을 무의식으로 끊지 않길 기도할 뿐이다.

나는 더 이상 혼란스럽지 않다. 내 안의 갈등도 더 이상 심각하지 않아. 만약 네가 내 말과 행동을 통합하려고 애쓴다면 넌 아마 그게 네 짐작보단 모순되지 않음을 알게 될 거야. 나는 내가 아는 한 사람 한 사람이 내게 어떤 의미인지 확신해. 내가 뭘 원하는지 언제나 분명히 안다. 나는 나와 내 영혼을 누구에게 줄지 선택할 수 있는 힘과 자유가 있고 바라건대 계속 그렇게 살 거야. 내가 복잡하지만 또 투명하고 맑은 것도 안다. 나는 사물을 깊이 느끼지만 내 욕망은 순수한 결정 같아. 이 또한 사람들 속에서 밝게 반짝이는 내 가장 진귀하고 아름다운 부분이다.

Letter Four

네 번째 편지

4월 29일

○

솜,

어젯밤 나는 백경과 함께 조르주 퐁피두 센터에 가서 테오 앙겔로풀로스TheoAngelopoulos의 「유랑 극단」을 봤다. 장장 네 시간 동안 우리는 영화를 봤고 자정을 삼십 분 넘기고서야 밖으로 나왔다. 나는 기분이 좋아 계속 웃었고 깡충깡충 뛰면서 영화 속에 나오는 그리스 아코디언 선율을 흥얼거렸다. 너무 행복했고 대만족이었다. 백경은 토토가 죽은 뒤 처음 만난 것이었다. 그녀는 내가 이렇게까지 행복해하는 게 이상하다고 했다.

네 시간 동안 이어진 길고 긴 영화에는 마치 정치 선전물처럼 느껴지는 지루하고 어색한 장면들도 많았지만 잔잔하고 부드러운 장면들이 섞이면서 또 놀라울 정도로 아름다웠다. 처음 세 시간 동안은 하품까지 해 가며 억지로 집중해야 했지만 알 수 없는 이유로 갑자기 몸속에서부터 웃음이 터져 나왔다. 인생은 정말 아름다워! 특히 내 미래의 삶은 정말 아름답구나! *J'arrive pas.* **못 가.** 아름다운 표현 아닌가! 이 프랑스어 표현은 요즘 내 입에서 번번이 튀어나오는 것이기도 했다. 중국어로 '갈 수 없어.'를 뜻하지만 이렇게만 말하면 너무 평이하게 들린다. 더 포괄하자면 '난 도달할 수 없어.', '난 기준에 못 미쳐.', '난 실패했어.' 이런 말이기도 하다. 언젠가 아원亞苑·Ya Yuan이 신문 한 면을 잘라 보여 준 '모자라야 좋다.'라는 말도 생각났다. 임청현林淸玄·Lin Qingxuan도 스승인 홍일의 말을 인용해 인상 깊은 말을 남긴 적이 있다. '난 내 시도들이 실패하길 바라. 완전무결하지 않아야 부끄러움을 알게 되고 자신의 부덕을 알게 된다. 성공이 나를 현실에 안주하게 만든다면 얼마나 끔찍한 일이냐!'

내게는 확실히 심각한 결점이 있다. 내 삶은 결코 건강하고 온전하지 않았다. 이 영화처럼 몇 가지 심각한 결점이 있어! 장장 26년 인생 동안 실패와 무능의 기억이 가득하고 몇 번인가는 영원히 탈출하고 싶었지. 하지만 실패가 무슨 상관인가? 스물여섯의 나 자신은 그저 하나의 커다란 *'J'arrive pas'*일 뿐이다. 이 영화는 앙겔로풀로스의 두 번째 장편으로, 첫 번째 영화 이후 7년 만인 1975년에 만들어졌다. 그 후 1988년에 「안개 속의 풍경」을(이때 앙겔로풀로스는 이미 세계 2위의 영화감독이 되었을 것), 1991년에 「황새의 정지된 비상」을(이 영화로 앙겔로풀로스는 내 신이 되었다. 비교할 수 없어.

타르코프스키는 이미 죽었지만 앙겔로풀로스는 살아 있으니까.) 출품했다. 올해 1995년에 최근작인 「율리시스의 시선」을(100여 편이 출품된 퐁피두 센터 그리스 영화제의 폐막식 작품으로, 7월 22일에 프리미어 상영회를 한다. 이 영화를 볼 수 있다는 생각에 미치도록 흥분된다.) 내놓았다. 우리는 결코 앙겔로풀로스의 평범한 아름다움을 초월하는 재능을 알아보기 위해 「황새의 정지된 비상」을 기다릴 필요가 없었다. 4년 전이든 16년 전이든 어색하고 거의 상영되지 않은 작품에서조차 우리가 알고 사랑하는 '모종의 어떤 것'이 존재함을 알 수 있다. 나는 이 예술가를 정확하게 사랑한다. 왜냐하면 예술가의 미완성된 자질도 알아차리고 사랑하기 때문이다. 그래서 백경이 서투르고 보잘것없다고 평한 이 작품을 보면서도 앙겔로풀로스의 다른 작품들을 봤던 것처럼 똑같이 만족스럽고 즐거웠다. 나는 어떤 작품을 사랑하는 것과 그 작가를 사랑하는 것의 차이를 설명할 수 없거든. (어떤 사람들은 내 말을 맹목적인 숭배로 잘못 생각할 거야.) 나도 내가 좀 미친 소릴 한다고 생각하지만 이외 다른 말로는 표현할 수가 없다. 나는 작품으로 앙겔로풀로스와 만나고 경의를 표할 뿐이다.

이밖에도 앙겔로풀로스의 영화들이 총 여덟 편 상영되고 있는데, 한 편도 놓치지 않으려고 해. 폐막식 작품을 뺀 나머지 일곱 편을 5월 안에 다 볼 작정이야. 생일 전날 「황새의 정지된 비상」을 다시 한번 볼 수 있어. 생각만 해도 아코디언 음악을 절로 흥얼거리게 즐겁구나.
나 완전 미친 거지?

Letter Six

여섯 번째 편지

5월 1일

○

생활이 갑자기 초만원으로 붐빈다. 너무나 많은 사람들. 내가 돌볼 수 있는 너무 많은 사람들이 몰려들어 내 가슴을 가득 채운다. 하고 싶은 일들도 너무나 많이 내 새로운 생활 속으로 밀려든다. 갑작스런 내 새 생활은 마치 낯선 꽃과 이국적인 풀이 가득한 들판이나 찬란하게 빛나는 별들이 밤하늘을 힘차게 뻗어 가는 상상의 세계 같다.

회상

오랜 부재를 마치고 내가 사랑했던 많은 사람들이 내 삶 속으로 돌아왔다. 영도 내게 돌아와 자신의 삶 속에 나를 위한 자리를 내주었다. 내 사람들의 따뜻한 품으로 돌아간 듯하다. 큰언니는 그동안 나를 지탱해 준 중요한 사람이다. 나는 언니를 완전히 믿게 되어 내 생활의 모든 것을 털어놓았다. 3월 13일 저녁에 나는 울면서 언니에게 말했다. 언니, 그동안 사람들이 내게 상처를 줬어. 더 이상 참을 수가 없어. 내 정신은 파괴되는 중이야. 언니, 난 너무 외로워. 남들이 원하는 대로 살기 위해 최선을 다했지만 이번에는 너무 심각하다. 어쩌면 내가 언제고 죽을지도 모르겠어. 그래서 전화했어. 만약 내가 무슨 위험에 빠진다면 대신 엄마, 아빠를 부탁해. 언니는 울음을 삼키며 말하더라. 넌 절대 혼자가 아니야. 사람들이 네게 상처를 주고 널 버리면 넌 아무 때고 우리에게 돌아오면 돼. 너한테는 아직 우리가 있잖아. 네게 나쁜 일이 생긴다면 엄마, 아빠께 내가 뭐라고 말할까? 또 엄마, 아빠는 어떻게 견디시겠어? 나는 내 여동생이 언제나 용감했다는 걸 알아. 또 자기 길을 용감하게 선택해 왔고 앞으로도 용감하게 나아갈 걸 알아! 그날의 통화 이후 언니는 내게 여러 번 전화를 걸었고, 토토가 죽고 사흘째 되는 날에도 마침 전화를 해서 용기를 북돋워 주었다. 3월 13일, 나는 엄마에게도 전화를 해서 공부를 계속할 수 없으며 휴학하겠다고 말했다. 놀랍게도 엄마는 온화하게 말했다. 괜찮아. 네가 학교를 마칠 수 없다면 집으로 돌아오면 돼. 3월 15일에는 아빠가 전화를 해 오직 내가 안전하고 행복하기만을 바란다면서, 필요하다면 무슨 일이든 나서서 해결해 줄 것이고 가족들 모두 내가 돌아오는 걸 환영한다고 했다. 여동생에게도 다시 관심을 갖게 되었다. 그 애에게 지금 내 도움이 필요한 걸 알았지만 도쿄에서 동생에게 전화해 그냥 영을 보러 도쿄에 왔고 영이 내게 잘해 준다는 말만 했다. 동생은 잘 했다며 내게 중국어 키보드를 보내 주고 싶다고 말했다. 부끄러웠다. 파리에서 보낸 삼 년 동안 나는 동생과 대화를 제대로 나누지도 말을 들어 주지도 못했다. 또 그 애가 자신을 찾는 '창구'도 되어 주지 못했기에 동생은 갈수록 자신에게 진실할 수 없었고, 결국 동생의 생활 속에 문화 예술 부분은 사라지고 오직 과학 부분만 남게 되었다. 짐작에 동생은 겉으론 잘 버티고 있지만 마음속 깊은 곳은 이해받지 못하고 공허한 듯하다. 1992년 연말에 동생은 내 모든 책을 자기에게 두고 가길 원했지만 난 응하지 않았다. 그렇게 했다면 대학 4년 동안 동생과 내가 공유했던 문화적 향수는 사라지지 않았을 것이다. 대학 시절 중요한 문화적 동료였던 내가 거절해 버렸으니 그 애는 크게 상심하지 않았을까? 심지어 그 뒤로 나는 동생의 영혼에 양분 주기를 관두었다. 동생이 날 전혀 신경 쓰지 않을 거라 여겼는데 실은 내가 행복하기만을 바랐던 것이다. 동생은 나를 받아들였지만 자기 내면의 깊은 상실감에 대해서는 내게 좀처럼 내비치질 않았다. 지난 몇 년 동안 내게 정말 무슨 마魔가 씌었던 걸까. 결국 동시에 여럿과 나눠도 충분한 양분을 한 사람에게만 몽땅 과잉 공급했던 거잖아!

메모

파리에서의 내 생활에 꽃이 피기 시작했다. 심지어 서인恕人·Shu Ren은 이사 뒤에 사라진 지 오래고 항상 내게 마음 터놓기를 어려워했던 사람인데, 최근에 내 첫 번째 장편 소설을 무척 좋아한다고 말했다. (최근 들어 이렇게 고백한 두 번째 사람이다. 다른 한 명은 출판사 편집자. 내 소설이 다른 사람들을 위로할 수 있다니, 낯설다.) 서인은 그 책을 좋아해서 더 일찍 썼던 단편 작품들까지 모두 찾아 사 모았다고 했다. 나는 서인에게 내가 새로 쓰는 소설에 대해 말했고 그 소설이 좀 더 나을 것이며 다른 단편집도 출간할 계획이라고 알려 줬다. 서인에게 예전 단편은 가관이니 읽지 말라고, 나중에 새 장편 소설을 한 권 선물하겠다고 했다. 우리는 오는 금요일 서인의 이사한 집에서 만나기로 약속했다. 그때 듣게 될 서인의 일상 이야기와 내 작품에 대한 서인의 견해가 몹시 궁금하다. 그 시간을 통해 어쩌면 서인은 옹옹翁翁·Weng Weng 이후 두 번째 남자 팬이 될지 모른다.

아카이브

일요일 저녁 경진이 '라 크리에'라는, 야외 테라스가 있는 해산물 전문 레스토랑에서 저녁을 사 주었다. 경진이 내게 물었다.

— 네 사랑을 받을 가치가 없는 사람에게 왜 아직 편지를 쓰니?

— 어쩌면 그 사람과는 상관없는 일인지도 모르지, 나자신의 사랑을 위해서지. 경진, 너도 알다시피 결혼이란 것이 한 장의 증명서나 예식 그 이상이잖아. 결혼은 자기에 대한 약속 아니겠어?

— 알아, 너무 잘 알지. 하지만 그 사람은 더 이상 네가 사랑할 만한 가치가 조금도 없단 걸 너도 알잖아.

— 알아!

— 그녀가 대체 네게 뭘 해 줄 수 있겠어?

— 아무것도.

이번 만남이 경진을 볼 수 있는 마지막 기회였다. 나는 도쿄에서 돌아왔지만 5월 10일에 경진은 일을 위해 타이완으로 돌아갈 것이며 딸, 아들과 시간을 보낼 계획이었다. 6월 말 경진은 프랑스로 돌아와 새로운 아파트로 이사할 것이다. 우리는 숱한 밤을 진솔한 대화로 보냈고 서로 완전히 편안했다. 일주일 전에 경진은 내게 편지 한 통을 보냈고 나는 미적거리다가 어제 일요일에야 답장을 건넸다. 경진의 감정 표현은 더 이상 선명할 수 없으며 나는 대답만 하면 됐다. 어젯밤 우리는 12시 반까지 이야기를 나눴고 경진을 집까지 바래다줬지만 우리는 굿 나잇 키스를 하지 않았고 더 이상 어떤 말도 하지 않았다. 하지만 나는 이미 경진이 현현처럼 원망도 후회도 없이 나를 깊이 사랑할 사람임을 알고 있었다. 택시를 타고 집에 돌아오는 길이 불빛으로 환했다. 언젠가 스트라스부르Strasbourg*에 있을 때 날 사랑해 줄 사람이 생기길 기도했고, 지금 경진이 기적처럼 나타났다! 지난 몇 주 전부터 경진이 보여 준 미스터리한 모습에 대해 돌아봤지만 내가 경진에게 진실한 사랑을 줄 수 있을지 확신이 안 섰다. 하지만 경진은 내가 오래 넘어져 비틀거려도 나를 잡아 줄 첫 번째 여성임이 틀림없다. 나는 경진에게 타이베이에서 돌아오길 기다리겠다고 말하지 않았다. 또 경진이 돌아오면 내가 우리 관계의 본질을 바꿀 수 있다는 내색도 전혀 하지 않았다. 왜냐하면 그동안 나는 욕망의 경향은 갑자기 변할 수 없다고 경진을 설득했기 때문이다. 우린 그저 분명 친구였다……. 경진은 내 담담함을 오직 자기 나이 때문이라 여겼고, 내가 영과 솜을 사랑하는 것이 젊은 몸 때문이라고 여겼다. 경진은 내게 수많은 암시를 받았고 그것을 절대 넘을 수 없는 장벽이라 오해했다. 경진은 솜을 향한 내 사랑의 독백을 너무 많이 들었고 이 사랑의 묘비 앞에서 속수무책이었다. 하지만 나는 한 번도 진실을 말하지 않았다. 다시 말해 경진은 내가 사랑하기에 충분히 적합한

●　　알자스의 주요 도시로 프랑스와 독일의 경계에 있는 강변 도시. 라인강, 론
　　강, 마른강을 낀 교통 요지.

사람이며, 나는 진실로 경진을 사랑할 수도 있었다. 나이와 체구는 아무 문제가 아니었다. 내게는 시간이 필요했다. 내 애정과 욕망으로 영원히 경진을 상처 주지 않을 무엇, 현현이 겪은 그런 쓸쓸한 일을 막을 무엇을 찾는 시간이 필요했다.

경진과 사랑에 빠질 수 있다면 내게는 큰 축복임을 그녀는 몰랐다. 경진은 다른 여자들에게 부족했던 많은 인간성을 갖추었으면서도 여전히 날 사랑해 주는 그런 사람이었다. 경진은 내 입장을 겪어 본 적 없으니까. 젊은 여자들이 가진 무엇이 날 힘들게 한다는 사실을 몰랐던 것이다. 아마 모두들 거의 경진만큼 인생을 보내고 나서야 비로소 알게 되지 않을까? 게다가 모든 여자들이 다 경진처럼 충만하고 풍부한 인생을 보낼 수 있는 것은 아니며, 세속 세계의 미궁과 억압적인 굴레에서 벗어나 자유롭게 날갯짓하면서도 다치지 않고 맑은 통찰력을 가질 수 있는 것도 아니다. 경진은 이러한 자신의 정신이 내게 필요한 것임을 몰랐다. 경진의 정신은 내가 젊은 여자들에게서 두루 찾았지만 못 찾았던 것, 나이와 체구 같은 조건보다 더 사랑받을 가치가 있는 것이었다.

경진은 내게 다시 사랑한다면 어떤 여자를 찾을지 물었다. 나는 첫째로 내가 정말 사랑할 수 있는 사람, 둘째로 어떤 역경을 겪더라도 나를 끝까지 원하고 내 편일 사람이라고 했다. 다른 사람은 지원할 필요가 없다고……. 그러자 경진은 조용히 미소를 지었다. 경진은 내 앞에서 눈에 띄게 겸손해졌다. 자신의 나이와 몸을 의식해서가 아니라 내 영적인 관심과 타고난 창의성을 존중했기 때문이다. 경진의 이런 가치관은 그녀가 많은 사람과 다양한 인생을 겪고 깨달은 것이므로 나는 내게 감탄하고 나를 존중하는 경진에게 정말 감동했다. 하지만 경진은 자신이 내 앞에서 겸손할 필요가 없음을 몰랐다. 나는 다만 편지로만 이렇게 썼다. 나는 당신이 스스로를 자랑스럽게 여기길 바랍니다. 아울러 계속 턱을 들고 가슴을 펴고 활짝 꽃을 피우시길! 하지만 말로는 하지 않았다. 만약 내가 경진을 사랑할 수 있다면 내 사랑이 진정으로 경진 자신의 가치를 느끼도록 할 것이며 경진 자신이 깨닫지 못한 부분에도 불을 붙일 테니까. 경진을 사랑한다는 것은 경진의 몸도 사랑하는 것이며 나이 때문에 경진을 버리는 일은 절대 없을 것임을 알려 줄 것이다. 생각만 해도 가슴 아픈 일이다. 경진처럼 훌륭한 여자가 놀랍게도 그런 열등감에 얽매여 스스로에게 낙인을 찍다니! 경진은 진실한 사랑을 믿지 않는데, 그런 것들은 하나도 중요하지 않다. 나는 모든 것을 맑게 정화하는 진실한 사랑을 믿을 뿐 아니라 그렇게 한다. 진실한 사랑은 어떤 특수한 대상을 향한 것이 아니다. 더 중요한 것은 사랑할 수 있는 능력이며, 자신 안에 그 능력을 살게 하는 인격이다.

헤어지기 전 나는 경진에게 논문을 다 완성하면 혼

자 그리스 여행을 갈 거라고 말했다. 경진은 내게 논문을 좀 천천히 쓰라고, 자기가 타이완에서 돌아오면 같이 떠나자고 했다. 경진은 항상 나와 함께 유럽을 여행하길 바랐다. 나는 좋다고 말했다. 또한 7월에 경진이 돌아오면 도빌Deauville, 트루빌Trouville• 로 가서 함께 주말을 보내기로 했다. 경진과 경진의 프랑스인 남편은 거기에서 거의 대부분의 주말을 보냈으며 나 역시 그 해변에 두 번가 본 적이 있다. 경진은 25만 프랑•• 짜리 요트를 사서 남편에게 선물했으며 스스로 항해 면허도 취득했다. 경진은 내게 항해하는 법을 가르쳐 주겠다고 했다. 우리 함께 밤새도록 해변을 걷자며, 나를 위한 최고의 여행 가이드가 되겠다고. 하지만 경진은 모른다. 날 기다리는 시간 두 달 동안 내가 그녀를 위해 준비할 것을. 내가 조에라는 새로운 정체성으로 환생할 것임을. 7월에는 담배를 물고, 길어진 머리를 휘날리며, 자전거를 타고, 바이올린을 배우는데 몰두하고, 다시 소설 쓰기에 복귀하고, 정기적으로 시를 쓰고, 논문을 마치기 위해 매일 작업실에 붙박여 앉은 조에를 선물할 것이다. 경진의 프랑스어 실력을 따라잡은, 또 사회생활로 분주한, 빛이 따라다니는, 여유롭고 편안하며 잘생기고 아름다운 조에를 보게

●   프랑스 북부 투크 강어귀에 마주 보고 있는 해변 휴양 도시.

●●   25년 전 화폐 가치로 약 3억.

될 것이다. 경진은 내가 자신을 스승이자 리더로 삼으며 생활하고 일하는 법을 배우고 싶어 하는 걸 모른다. 경진은 내가 자신에게 내 영혼을 바치고 나면 자신의 몸도 뜨겁게 사랑할 것임을 모른다. 이것이야말로 내가 차마 큰 소리로 말할 수 없는 자신에 관한 가장 큰 비밀임을…… 만약 내 환생이 성공적이라면 도빌, 트루빌의 밤 해변에서 경진에게 키스할 것임을……. 그녀는 모른다. 경진은 이 모든 사실을 전혀 알 수 없다.

Letter Seven

일곱 번째 편지

5월 2일

○

솜,

나는 방금 룸메이트들과 대통령 선거 TV 토론을 봤다. 시라크Chirac와 조스팽Jospin의 2차 TV 토론인데 마침 우리 중에 내 프랑스어 수준이 가장 나아서 친구들에게 통역을 해 주었다. 비록 두 번째 주제인 경제와 실업 문제에 대한 토론은 미처 알아듣지 못한 부분도 있었지만 토론 내용에 대한 모두의 호기심은 충분히 만족시켰다. 내 프랑스어 듣기 능력이 TV 뉴스를 시청할 정도가 되어 매우 기쁘다. 내가 파리에서 3년 동안 살아남은 대가니까. 토토가 죽은 일을 아영에게 털어놨고 아영이랑 좀 더 친해졌다. 요즘 아영과 나는 요리와 가드닝, 동물들, 쇼핑과 미술에 대한 많은 이야기를 한다. 우리는 나중에 함께 아기자기한 소품들을 만들어 마켓에 나갈 계획까지 세웠다. 아영이 내 끼니도 신경을 써 주어서 나는 차즘 가족이 생긴 것처럼 느껴진다. 지난주 아영의 생일에 나는 오래 전에 봐 둔 고양이 모양 청동 촛대를 샀다. 꽃집 주인은 내게 촛대에 어울리는 베이지색 초를 주었다. 나는 고양이 카드에 달콤한 말을 몇 줄 써서 아영에게 케이크와 함께 주었다. 아영은 정말 기뻐했고 나도 내심 기뻤다. 생각건대 갈수록 내 사랑을 다른 사람에게 표현하는 능력이 커지는 것 같다. 파리에서의 내 생활은 바야흐로 온갖 꽃이 만발한 수풀 길로 접어든 듯하다. 나는 정말 파리지앵 생활을 뜨겁게 사랑하고 파리가 주는 영감, 여기서 하는 일과 만난 친구들, 도시가 제공하는 놀라운 만찬 또한 뜨겁게 사랑할 것이다. 나는 파리에서 스스로도 존경할 만한 어른으로 성장할 준비가 되었다.

솜, 나는 예술가다. 내가 진정으로 원하는 건 탁월한 예술을 완성하는 일이다. (TV 토론에서 빛나던 시라크의 눈빛처럼. 그의 카리스마는 스스로 오랫동안 연출해 온 것임에 틀림없다. 시라크는 젊은 시절부터 자기 내면을 계속 주시해 왔을 것이다.) 내 목표는 인생의 깊이를 경험하고, 경험을 통해 사람들과 삶을 이해하며, 예술을 통해 이 모든 것을 표현하는 것이다. 내 생의 다른 성과들은 아무 의미가 없다. 만약 내 창조적인 여정에서 내가 항상 주시했던 내면의 목표에 도달한 작품을 얻을 수만 있다면 내 인생은 헛되지 않을 것이다.

솜, 넌 어렴풋이 내가 속한 예술적 운명을 이해했고

또 때때로 도움도 줬을 거야. 하지만 솔직해지자, 문화 예술이나 예술적 운명이란 네게 있어 큰 의미가 없잖아. 네가 성장해 온 환경은 내가 사랑하는 이런 것들과 전혀 무관하다고 말할 수 있지. 하지만 기이하게도, 네가 속한 사회 계층은 문화 예술을 소비하면서 권태를 해소하고 자기 명망을 꾸미는 고급 장식으로 삼는다. 일찌감치 내가 말했잖아, 어쩌면 나는 네 컬렉션 속 남다른 장식품에 불과하다고. 아마 넌 바로 지금도 수집가의 분별력으로 날 분석할지 몰라. 하지만 네 가족과 친구들은 날 이해할 리 없고 네게 바친 희생과 내 작은 가치를 결코 알 리 없다. 우리는 완전히 다른 두 세계에 속해 있지. 그러니까 다시는 그들이 내 편지를 가로채서 열어 보는 일이 없도록 해 주길 부탁한다. 또 그들이 전화로 나를 속이고 마치 아무 일도 없는 양하는 것도 그만두길 바라. (더 이상 네게 전화하는 일은 없을 거다.) 그리고 제발 모든 것이 '그저 농담일 뿐이야.'라는 말도 하지 마라.

제발 그만해. 이런 불공평하고 부당한 일들은 그만해 줘. 이런 대우를 받아도 괜찮은 인간은 아무도 없다! 어쩌면 넌 편안하고 평화로우며 훌륭한 가족의 낙원 속에서 살아가기를 스스로 받아들였는지도 모르겠다. 하지만 네 낙원 속에 자리한 심각한 위선은 오직 나 같은 외부인만이 생생하게 감당한다. 그래도 넌 여전히 쉽게 이런 말을 한다. '불공평하고 부당할 게 뭐 있어.' 나는 애초에 네 가족 구성원들과 아무 관련이 없는 사람이고 지금은 더욱 그럴 필요가 없다. 나는 그들과 말을 섞을 필요도, 마지막에 그들로부터 최악의 대우를 받을 필요도 없었다. 그럼에도 너는 나를 함정 안으로 밀어 넣었다. 굳이 그들과 만나게 했으며 그들이 내게 상처 줄 기회를 제공한 것이다. 너는 내 편에 서서 싸우는 일에 비겁했고 네 친구와 가족들에게 이런 폭력들은 부당하다고 목소리 높이지도 않았다. 심지어 이번 달에는 그들과 멋지게 연합해서 사람들이 나를 물어뜯도록 버려뒀다. 우리가 관계를 지킬 수 없는 동안, 너는 나를 보호하길 포기한 채 어떻게 그토록 겁쟁이가 될 수 있어? 어떻게 너는 아무 일도 없었다는 듯이 모래 속에 위선적인 머리를 파묻을 수 있지? 아니면 너는 이 모든 것이 내 잘못이라고 말하는 건가? 나는 항상 널 지켰지. 그래서 너는 이런 종류의 잔인함과 부당함을 경험해 본 적이 없어. 그러니까 침착하고 여유롭게 말할 수 있는 거야. 이 모든 일이 내가 너무 '극단적'이라서 생기는 일이라고. 젠장, 네가 이렇게 말하는 거야말로 가장 부당한 일이다!

사실은 네 가족과 친구들이 내게 자기도 모르게 행한 학대를 개의치 않는다. 가볍게 손을 흔들어 보내고 다시 웃을 수 있어. 왜냐하면 난 그들에게 바라는 것이 없거든. 그들이 내 존재에 상관하는 걸 원치 않아. 나는 그들에게 편견이 없다. 내가 네게 중요한 사람들을 비평한 적은 있지만 그들이 형편없이 굴어서였을 뿐이야. 난 진실만을 말했고 조금의 악의도 없었다. 난 네 주변의 타인들을 존중하려고 애썼어. 네가 우리 관계 속에 그들을 끌어들였기에 내겐 선택의 여지가 없었지. 그저 접촉해야 하고 받아들이길 바라야 했다. 나는 내내 그들과 충돌이 생길까 봐 두려워했는데, 결국은 비겁한 네가 나를 버릴 핑곗거리를 더 많이 늘인 것뿐. 하지만 요즘에 와서야 나는 깨닫는다. 더 이상 나는 네 비겁함에 침묵해야 할 필요가 없다. 너의 비겁함을 위해 애쓸 필요 없으며, 내가 사랑하는 너의 면면도 이런 점들이 아니기 때문이다.

이번 달에는 정말 '가슴을 도려내는' 상처를 입었다. 정말 잔인한 것(인간 본성의 잔인성은 결국 내게 낯선 것이 아니다)은 배후에 선 너였으며, 그들이 상처를 입히도록 방치한 일이었다. 날 봉쇄해서 죽이기封殺로 한 일에는 네 암묵적인 동의가 있었지! 만약 네 동의가 없었다면 누구도 이토록 적대적일 순 없다고 믿는다. 네 가족이 나를 가로막은 일로 인해 나는 매일 밤 울며 비명을 지르는 악몽에 시달렸다. 또 아무것도 모르는 양 상대를 짓밟는 네 거짓 순진함faux naiveté이 내 자존심을 완전히 무너뜨렸다. 너에 대한 분노와 자해 욕구로 차오르는 마음을 억누르는 것 외에 현실의 너에 대해 거론하는 것은 다 하찮은 일이다. 더 이상 고통을 참을 수 없다는 것이 아니다. 반대로 심지어 네가 계속 날 배반해도, 네 가족이 계속 날 부당하게 괴롭히며 계속 내 편지를 가로채거나 쓰레기통에 던져 버리더라도, 내게 거짓말을 하고 또 해도, 아무것도 나를 상처 입히지 못할 것이다. 나는 그저 웃고 또 웃고 웃기만 할 거야. 왜냐하면 나는 '현실'의 너희들과 어떤 관련도 원치 않기 때문이다. 나는 너희에게 아무것도 원하는 게 없다. 나는 다만 내가 사랑하는 영혼에게 편지를 보내는 것. 내게 연결된 영혼, 영원한 사랑을 약속한 영혼에게 영원히 곁에 함께하겠다고 편지를 보내고자 한다. (만약 너와 네 가족들이 내 애처로운 편지조차 무자비하게 버리겠다면 난 말릴 수 없다. 더 이상 편지를 보내지 않고 너와 네 가족들을 모두 쓰레기통에 넣은 다음 내 날들을 지낼게.) 나는 그저 내가 사랑하는 네 영혼이 내 메시지를 받기만 바라며 내 마음이 변함없었다는 사실을 알기만 바란다. 이것이면 충분하다. 더 이상 어떤 요청도 필요 없고, 이게 다다.

그러니 너희는 계속해. 너희 즐거운 일을 해. 다만 네게 내가 더 이상 참지 않을 두 가지만 알리겠다. 하나, 제발 다른 사람들이 내 편지를 가로채지 못하게 해. **그-만-해-라!** 그들은 내 내면을 침범할 권리가 없다. 만약 너도 내 영혼의 수신자가 아니라면 너조차 내 내부를 훔쳐볼 권리가 전혀 없다. 나는 네가 가장 근원적인 마음의 정의에 근거해서 이런 일이 다시는 일어나지 않게 막아 줄 것을 청한다. 너희가 더 이상 이 편지들을 받기 싫다면 그저 내게 돌려주기만 하면 된다. 설명할 필요가 없다. 마찬가지로 너희가 내 전화를 반기지 않으면 말로 해라. 직접 말해. 힘들여 고심하며 우회해서 기만적이고 우스꽝스러운 행동을 할 필요가 전혀 없다. 너는 명쾌하게 말만 하면 되며, 다른 사람을 끌어들여 사람을 지치게 할 필요가 없다. 혐오와 피로만 불러일으키는 우리 드라마의 진창으로 네 가족과 친구들을 끌어들여 연기하게 할 필요가 없는 것이다. 정말 꼭 그래야 할 필요는 없다. 그래, 솔직해지려면 용기가 필요해. 고통을 마주하는 위험도 감수해야 하지. 하지만 회피와 가식, 온갖 속임수는 인간 본질에 훨씬 더 해로워. 누구도 그런 대우를 참을 수 없다. 이건 기본적인 도리다. 거기에는 복잡한 것도 없고 심오하고 대단한 무엇이 있는 것도 아니다. 그러니 '모르겠다.', '혼란스러워.', '통제할 수 없어.' 또는 '천천히 생각할 시간이 필요해.' 등의 말로 에둘러칠 것도 없다.

　둘, 네 배반에 관한 자세한 내용을 다른 사람들에게 말하지 마. 굳이 전시할 필요 없다. 확신컨대 나보다 네 과거와 현재, 앞으로의 내면과 욕망을 이해하는 사람은 없을 것이다. 내가 이러는 건 너를 더 이해하고 싶지 않아서도 너와의 소통을 거절해서도 아니다. (반대로 내가 강력하게 원하는 것은 우리 사이의 소통과 이해다.) 또한 그런 폭로가 다시 나를 상처 입힐까 봐 두려워하는 것도 아니다. (그렇지 않다. 나는 이미 네게 보낸 첫 번째 편지에서 그 점을 분명히 했다.) 하늘의 이름으로, 너는 내 몸에 다시 오점을 남길 권리가 없다. 네게는 다시 나를 모욕할 권리가 없는 것이다! 만약 내가 네게 준 완전무결한 사랑에 오점을 남기고 수정처럼 맑은 내 기억 속 천사 같은 이미지에 오점을 남기겠다면 그렇게 해도 좋아. 너는 이미 내게 '지워지지 않는' 오점을 남겼지. 너는 내 이름을 더 지저분하게 만드는 이야기를 퍼트릴 권리가 없다. 만약 네가 고집한다면 맹세코 널 책망하는 것도 멈출 것이다. (내겐 벌써 오점이 남았다. 널 비난할 수 있는 순수성도 모두 사라졌다.) 다만 널 인내할 뿐.

내 마음속에는 너에 대한 직감이 있다. 오점이라는 말의 뜻을 네가 이해할 것이라는 직감. 네가 마주하기 가장 고통스러운 일일 것이다. 나는 내 인생의 첫 번째 붕괴를 고통스럽게 겪었다. 내 인생의 첫 번째 오점이고 진실로 한 사람의 순수성이 더럽혀졌다. 가장 잔혹한 모독이며 마치 소녀에게 폭력을 휘두르는 것 같은 모욕이었다. 그래서 나는 철저하게 붕괴된 것이다. 비록 내 몸과 영혼은 날 사랑하는 타인들을 통해 치유될 것이며 다른 사람들과 세계를 통해 내 순수함의 장소로 돌아오도록 애쓰겠지만. 나는 여전히 다친 소녀이며 얼룩지고 망가졌다. 이것이 지워지지 않는 내 슬픔이다!

지난날 내가 너를 몰아세웠을 때 내 깊은 마음 안에는 공포와 격렬한 저항이 있었다. 나는 너로 인해 얼룩지는 것을 원치 않았다! 하지만 지금은 너무 늦었다. 너는 이미 통쾌하게 내게 폭력을 휘둘렀고 나는 오히려 평온해졌다. 난 저항하지도 않을 것이고 몸부림치지도, 분노로 저주하거나 소리치지도, 울면서 도움을 청하지도, 다시는 울지도 않을 것이다. 나는 폭력의 그 순간 죽음을 바라던, 네가 할 수 있는 것보다 더 악랄하게 스스로를 죽이고 싶다는 상상도 더 이상 하지 않을 것이다. 나는 네게 해를 끼칠 마음이 없다. 영화 「안개 속의 풍경」 중 트럭 짐칸으로 끌려가 강간당한 소녀가 혼미한 가운데 깨어나 침묵하는 것과 같다. 소녀는 강간당한 일을 떠올리며 괴로워하지만 서서히 자라면서 살아남기 위해 몸 파는 법을 알게 되는, 그저 슬픔뿐인 이야기……. 나는 진정으로 너를 다시 몰아세울 필요가 없어졌다. 그저 이 세상에서 너의 존재를 참고 또 참아야 하고, 다시는 너로 인해 얼룩지지 않을 방법을 찾아야 한다.

지난날 내가 순진하고 미숙했던 때 〈빨간 전갈The Red Scorpion〉이라는 이야기를 썼는데 이 방대한 주제의 한 토막을 묘사했다. 전혀 생각지 못하게도 마침 나 자신의 '순수'를 위한 부고를 미리 써 놓은 것이다. 어쩌면 내가 묘사하려는 것이 '빨간 전갈'의 내면세계이며, 이제야 소설 속 소년은 고통 때문에 울고 자기 목소리로 외칠 수 있게 된 것이다. 창작 세계란 얼마나 신비로운지. 그로부터 4년 후에 나는 '현상과 소리Le phenomène et la voix'라는 같은 주제를 경험했다. 이번 붕괴 중에 겪은 '오점'이라는 주제에 대해, 나는 아베 코보의 『타인의 얼굴』처럼 상징성이 강한 장편 소설로 완벽하게 써 보고 싶다. 이 소설은 네가 내게 주었던 사랑의 정점으로 남을 것이다. 요즘 나는 내 '순수'가 육체뿐 아니라 (내 몸에 오점을 남긴 사람은 없다) 더 깊은 것을 뜻한다고 깨달았다. 내 순수함은 내 육체와 정신에 내 삶 전체를 더한 것이며 티끌 하나 없이 맑은 백옥의 순수함, 결코 타인에게는 줄 수 없는 것을 네게 준 것이다. 때문에 오직 너만이 나에게 오점을 남길 수 있는 단 한 사람이며 생각지도 못하게 네가 그리했다. 그래서 나는 광기와 죽음 쪽으로 밀려간 것이다! (이렇게 생각하니 지금 몸이 떨린다.)

(여기까지 이르자 나는 이번 생에서 사람을 완전히 잘못 선택했음을 똑바로 알게 됐다. 내게는 내가 선택한 너란 여자를 너무 사랑한 잘못이 있다.) 나는 더 이상 널 탓하지 않겠다고 했다. 내가 널 탓할 수 없고 스스로 모든 책임을 질 수 없다면 나는 오직 나에게 계획된 운명을 탓할 수밖에 없다. 너를 만난 순간 내 운명은 이미 정해졌으며 선택의 여지가 없었다. 내게는 선택할 시간도 없었다. 내 운명의 중심 선율은 다음과 같다. 봉인하려면 봉인해라, 어떻게 해도 도망칠 수 없다. (그럼에도 나는 이 중심 선율 안에 있고 그것을 쓰고 있으며, 그것과 씨름한다.) 하지만 나는 이런 운명의 '안배'에 상처를 받을 뿐……. 그해 나는 조금의 주저함도 없이 현현을 배반한 대단히 끔찍한 죄에 대해 책임을 졌고 상처

받았다. 현현이 감당해야 했던 육체와 정신의 고통에 나 또한 상처를 받은 것이다. 그러고 나서 네가 나타났고 내게 멋지게 오점을 남겼다. (너는 청출어람이다.) 나는 네게 두 몫의 순수를 주었고 둘 다 짓밟혔다! 나는 결국 이 두 몫의 순수가 지닌 본질을 내가 전혀 존경할 수 없 는 네게 넘겼고 너는 또 내가 조금도 존중할 수 없는 어 린 사람을 데려와 이 모두를 짓밟을 변명거리로 만들었 다! 이렇게 타인들을 절망으로 몰아넣는 악순환 속에서 나는 네 빛나는 인간성을 느낄 수 없었다. 또 네 관계에 대한 어떤 결연한 징후도 찾을 수 없었다. 네가 자신의 행동에 대해 어떤 진정한 책임을 지는 모습도 못 봤으 며, 그저 장황한 공연 중에 머리를 모래 속에 파묻고 두 다리를 떨며 혼란스럽고 불분명하게 회피하는 모습을 목격했을 뿐이다. 모든 것은 내가 짊어져야 할 죄다. 내 가 몸과 영혼을 다해 지불한 대가는 오직 무의미한 희생 이 되어 돌아왔다! 이런 운명의 안배를 내가 어떻게 탓 하지 않을 수 있겠니?

나는 결코 널 심판하거나 네게 죄를 묻고 싶지 않다. 현현이 내게 죄명을 묻지 않은 것처럼 이런 상황에 처 한 그 누구도 누구에게 죄를 물을 수 없다. 기껏해야 현 현이 나를 다루는 최선의 방법은 침묵하는 것과 내게서 영원히 거리를 두는 것이었다. 마찬가지로 기껏해야 내 가 너를 대할 수 있는 최선의 방법은 네가 이 시간 동안 내 마음에 새긴 풍경을 일깨우는 것뿐이다.

그렇다. 이것은 한 폭의 거대한 풍경이다. 사람은 누구나 다 필연적으로 자기가 한 행동에 대해 책임져야 한다. 그 책임은 오직 자기 내부에서만 이루어지며 타인과는 상관이 없다. 이번 고통을 통해 내가 깨달은 점이다. 명징하게 말하겠다. 나는 처음부터 끝까지 너를 향한 내 사랑을 위해 완벽하게 대가를 지불했다. 너를 택해 사랑하기 위해 다른 사람을 배신한 죄에 대해서도 남김없이 책임졌다. 내 상처를 책임질 것인지는 오직 네 자신의 마음에 달린 네 일이다. 나는 너를 사랑하여 영원히 널 '심판'할 수 없다. 오직 너 자신만이 너를 '심판'할 수 있는 것이다.

'죄'라는 주제에 관해서는 여기까지 말하겠다.

여덟 번째 편지

5월 4일

○

　오늘 새벽 로렌스^{Laurence}가 떠날 때 나는 울음을 멈출 수 없었다. 스스로도 분명한 이유를 모르겠다. 도대체 나는 왜 울었을까? 이런 울음은 평생 기억날 일이다. 생각건대 나는 더 이상 솜이 전화를 걸거나 몇 자의 소식을 보내길 기다릴 수 없었던 것이다. 토토가 죽은 뒤 일주일이 더 지났는데 나는 솜에게서 아무런 응답도 받지 못했다. 내 인생은 완전히 새로운 방향으로 떠밀려 갈 모양이다. 삼 개월 하고 13일을 지나 다시 또 오늘의 시련에 왔다. 지난 이삼 년 동안 솜과 쭉 함께였던 내 인생의 상상이 다른 미래를 바라보기 시작했다.

　어젯밤 여자들만의 파티에 세 번째로 갔고 행정 사무에 관한 소그룹 회의에도 두 번째로 참석했다. 나는 한 번도 회비를 안 냈고 공식적인 회원 승인 전이라서 손을 들어 '***Pour ou Contre***(찬성 또는 반대)'표시를 못했다.

그래서 다른 회원들은 모두 나를 외부인 취급하는데 미소만큼은 상냥하게 지어 주었다. 나는 그들과 같이 있으면 편안하고 즐거우며 이곳이 마치 파리 생활에서의 내 귀착점처럼 느껴진다. 칵테일파티 전에 그들은 주느비에브*Geneviève*를 초청해서 몇 마디를 나눴다. 주느비에브는 만날 때마다 따뜻한 미소를 보내는 나이 지긋한 레즈비언이다. 이 '레즈비언'이라는 글자는 사실 정치적인 면에서 뜻깊은 말이다. 주느비에브는 성 소수자 인권을 표방한 정치인이자 출판인이다. 출판사 이름은 '주느비에브 파스트레*Geneviève Pastre*•'로, 전문적인 레즈비언과 여성학 방면의 저서를 출간하며 상당히 급진적인 곳이다. 발행인 주느비에브는 매우 부드러우면서도 날카롭고, 솔직하며 감동적인 사람이었다.

로렌스는 소그룹의 주요 기획자 중 한 사람인데, 말투가 활기차고 힘이 있다. 말할 때 힘찬 손동작도 말투와 잘 어울린다. 헝클어진 갈색 짧은 머리 때문에 우리 집에 처음 놀러 온 지난날의 수요와 닮아 보인다. 특히 어제저녁 로렌스는 초록색과 갈색 무늬가 섞인 군복 바지를 입었고, 키도 수요나 영과 비슷해서 전체적으로 수요와 첫인상이 겹쳤다. 로렌스는 첫눈에 날 사로잡았다. 나는 지난 두 차례 회의에서도 로렌스를 주시했지만 그녀는 한 번도 내게 제대로 눈길을 주지 않았다. 로렌스는 회의 중에도 몇 번 사라졌고 보기에 약간 차갑고 사교적이지 않은 느낌을 주었지만, 실은 매우 대담한 사람이었다. 첫 만남에서 로렌스는 대학 측에 레즈비언 영화를 상영하자고 제안하며 함께 갈 사람을 모집했지만 아무도 개인 신분 노출을 원치 않자 거리낌 없이 말했다. "좋아, 괜찮아요. 나 혼자 갈게요." 어제 저녁에 주느비에브가 연설할 때 로렌스는 멀찍이서 거리를 두고 주느비에브를 주시하다가 이따금 바의 카운터 뒤 화장실로 사라졌다. 내 짐작에 로렌스는 다른 소그룹 회원들과 조용한 시간을 보내는 듯했다. 나는 이런 로렌스의 스타일이 마음에 들었다. 로렌스는 수요와 닮은 꼴이면서 완전히 수요와 다른 기질을 갖고 있었다.

밤 9시, 사람들은 불을 모두 끄고 강연장 여기저기에 촛불을 켰다. 바 카운터 뒤에서 만무慢舞**음악이 흘러나왔다. 나는 황급히 외투와 스카프, 모자, 가방들을 챙겨서 탈출할 준비를 했다. 나는 이곳의 프랑스 여자들을 절반도 채 몰랐고 누구에게 함께 춤추자고 청할 용기도 없었다. 몇몇 여자들은 이미 짝이 되어 촛불 아래서 로맨틱한 데이트를 즐겼고 나는 어색했다…. 그때 갑자기 로렌스가 나를 향해 걸어왔다.

● 　주느비에브 파스트레(1924~2012). 작가, 시인, 활동가, 역사·사회학·인류학·철학의 독립적인 연구원. 출판인이자 레즈비언 정당의 대표였고, 2002년 프랑스 대통령 선거에 출마를 시도하기도 했다.

●● 　느린 춤.

— *Ne partez pas! Vous pourriez danser avec moi?* 가지 마세요! 나랑 같이 춤출래요?

— *Je suis pressée pour voir un ami chinois qui habite prés d'ici.* 근처 사는 중국인 친구를 만나러 급하게 가봐야 돼요.

— *Il n'y a rien de pressé. Vous avez l'impression très seule.* 급할 게 뭐 있어요. 당신은 너무 외로워 보이는데요.

로렌스는 이렇게 말하면서 내게로 왔고 대담하게 내 손을 끌어 홀 가운데로 이끌었다.

— *Parce que j'ai un coeur brise.* 내 마음이 부서졌기 때문이에요.

나는 로렌스의 말에 대답했다. 나는 뜻밖에도 로렌스를 보자마자 용기를 내 그녀를 믿게 됐다. 어쩌면 전날 밤 내가 '오점'에 관한 내 내면의 풍경에 대한 편지를 다 썼기 때문일지도 모르겠다. 조만간 나는 큰 소리로 말해야 할 것이다.

도대체 나는 왜 우는 걸까? 도쿄에 갔을 때 그 한 달 동안 영이, 어젯밤의 로렌스가 한 말 때문에 내 인생에 대한 가장 기본적인 도리를 깨닫게 된 것일까? 눈물이 내 안에서 격렬한 저항을 싹틔웠다. 이 편지는 솜에게 보내지 말자. 이미 몽마르트르의 하늘이 밝아 온다. 나는 이 편지를 당일 발송 편에 넣기 위한 우체국 산보를 가지 않을 것이다. 그래서 이 편지는 미완의 편지이며 직접 내일의 편지로 건너뛰겠다.

메모

새벽 6시 반에 나는 내가 먹을 인스턴트 쌀국수를 끓였다. 프랑스 배추 한 쪽(토토가 먹던 배추 세 포기 중 마지막 남은 것으로 토토의 죽음을 초래한 원인일 수 있음), 참치 통조림 삼분의 일, 양송이 통조림 반, 달걀 한 알, 어제 저녁 영요永耀·Yongyao 레스토랑에서 먹고 남은 생선볶음을 더 넣었다. 나는 주방에 서서 생선을 데울 때 썼던 냄비를 설거지해 놓고 커다란 칸타로프﹡ 껍질을 벗기면서 룸메이트가 팔려고 주방 밖으로 내놓은 헌책들을 대충 훑어봤다. 도쿄에서 파리로 돌아온 뒤 나는 자주 카미라의 집에 가서 저녁밥을 먹었다. 카미라는 내가 우울할 때 다시 일어날 수 있게 구해 준 친구로, 요리를 할 때면 짐짓 권위적인 분위기를 풍기며 이렇게 말했다. *"Cuisiner c'est l'invention!"* **요리하는 건 발명이야!** 그러고 나서 카미라는 냉장고에 있는 여러 이상한 것들을 모두 뒤섞어 요리를 했다. 나는 카미라의 그 모습이 얼마나 귀여운지 생각하며 미소를 짓고, 또

●   멜론. 껍질은 녹색, 과육은 오렌지색임.

그녀의 요리법을 따라 하면서 갈수록 이상한 것들을 뒤섞는 경향이 생겼다. 그러고는 혼잣말로 중얼거리는 것이다. *"Cuisiner c'est l'invention!"* 우정의 전염성은 정말이지 무섭다.

'발명'한 그 쌀국수 한 냄비를 먹어 치운 뒤 깨끗하게 차려입고 내 야구 모자를 쓴 뒤 건물 아래층으로 내려가 영에게 전화를 걸었다. 영이 있는 도쿄는 오후 두 시쯤. 이곳과 일곱 시간 차이가 난다. 도쿄에서 돌아온 뒤 삼 주가 지났고 나는 매주 한 통씩 영에게 편지를 보냈으며 매주 수요일 또는 목요일에 50단위 전화 카드로 연락할 것을 약속했다. 매주 토요일 저녁에는 50단위 전화 카드로 가족들에게도 전화를 했다. 이 두 세트의 '요원'들은 마치 나를 다시 찾은 것처럼 과분하게 잘해 줘서 놀랐고, 내가 정말 변해야겠다는 생각이 들었다. 장장 삼 년이라는 시간이었다. 그동안 나는 영과 만나지 않았고 영에게 어떤 소식도 보내지 않았는데, 왜냐하면 우리는 서로를 포기했기 때문이다. 프랑스에 온 뒤 나는 가족들에게도 거의 전화하지 않았다. 왜냐하면 나는 모든 돈을 모아 오직 한 사람에게만 전화했고, 그 한 사람에게만 편지를 썼으며, 역시 그 한 사람에게만 크고 작은 선물을 보냈기 때문이다.

영과 전화를 끊고서 정신이 좀 멍해 몽스니 거리를 따라 파리 시청 반대 방향으로 걸었더니 알베르 칸 Albert Kahn 광장에 이르렀다. 길을 따라 계속 내려가면 벼룩시장이 있는 파리 최북단의 클리냥쿠르^{Porte de Clignancourt}역이다. 몽마르트르의 새벽은 가장 신선하고 부드러우며 아름답다. 이 새벽길은 솜에게 한 뭉치의 편지를 썼던 (아마도 마지막이 될 편지) 한 주간 내가 즐긴 몽마르트르인 셈이다. 나는 항상 밤이 다하고 여명이 밝아 올 무렵 우체통에 편지를 넣으려고 이 거리를 따라 우체국까지 걸었고, 다시 에돌아 집으로 돌아왔다. 광장에서 다시 뒤에슴^{Duhesme} 거리 쪽으로 돌아 들어가면 작은 카페가 있으며 나는 카페 창문 앞에 서서 내 모습을 바라보았다. 모자를 벗고 안경도 벗고 내 표정을 바라보며 옛 노래를 불렀다. "흰머리만 갈수록 무성해지고 웃을 때 입가의 두 줄 주름만 갈수록 깊게 패네. 나는 아름다운가? 충분히 아름다운가?" 지난 4월에 백경은 영화 「황새의 정지된 비상」을 보고서 내게 느낌을 말해 주었다. 두 위대한 배우 마스트로야니^{Mastroianni}* 와 잔느 모로^{Jeanne Moreau}** 가 다시 만나는 장면에 관한 것이다. 돌연 스스로 자리에서 물러나 여러 해 동안 종적을 감춘 정치인이 한 방송국 다큐멘터리 기자에 의해 발견된다. 정

- 마르첼로 마스트로야니(1924~1996). 이탈리아 출신으로 유럽 영화계의 전설적인 인물. 영화 「연애 시대」로 스타덤에 올랐으며 페데리코 펠리니 감독을 만나 「달콤한 인생」, 「8과 1/2」 등의 명작을 남겼다.
- 잔느 모로(1928~2017). 프랑스 출신으로 누벨바그를 대표하는 배우. 프랑수아 트뤼포 감독의 「쥘 앤 짐」을 통해 국제적인 명성을 얻었다.

치인은 그리스 북부 변경에 자리한 작은 마을에서 은거
하는데 마을에는 알바니아, 터키 사람과 쿠르드족이 거
주한다. 기자가 정치인의 아내를 데려가 남편이 사라진
정치인인지 확인하려고 한다. 카메라가 두 사람이 서로
스쳐 지나가는 순간을 비추자 정치가의 아내는 카메라
를 향해 말한다.

"C'est pas lui!" 그 사람이 아니에요!

정치가의 아내는 만약 자신이 남편의 눈을 보고 생
각을 읽지 못한다면 자신도 그를 사랑할 수 없다고 말
한 적이 있다. 그가 사라지고 몇 년이 흐른 뒤, 낯선 다
리 위에서 다시 만난 순간 아내는 당연히 남편의 눈을
보고 그의 생각을 알 수 없었을 것이다. 백경은 말했다.
C'est pas lui! 얼마나 무서운 말이니? 몇 년이 흐른 뒤,
과연 누가 내 눈 속에서 나를 알아볼 수 있겠어?

C'est pas lui!

어느 날 솜도 당황하며 저렇게 소리칠까?

Letter Nine

아홉 번째 편지

5월 7일

○

클리시

클리시Clichy는 토토처럼 새하얗다. 나의 집이며 솜과 토토의 집이다. 클리시는 파리 외곽에 있는 13호선 지하철의 첫 번째 정류장 이름이며, 우리는 이곳에 사랑의 이상을 세웠다. 나는 실패했고, 너무 비참하게 실패했다. 내가 꿈꿨던 결혼과 사랑의 백분의 백 모두를 잃었다. 꿈결 속 여자를 잃었고 우리 아기 같던 토토조차 잃었다. 솜을 사랑하는 내 마음의 상징이며 상징이 확장된 존재인 토토는 우리가 센강의 퐁네프Pont Neuf에서 함께 사 온 아이였다.

내가 아기 토끼 토토를 얼마나 아꼈는지.

나는 결코 우리 토토를 아끼는 것처럼 누군가를 돌본 적이 없고 앞으로도 다시는 그럴 수 없을 것이다. 더 이상 명확할 수 없다. 토토는 내 삶에서 가장 큰 행복이며, 이미 드러난 수수께끼와 같다.

하지만 모두 자업자득이다. 나는 클리시에서 솜을 불행하게 했다. 솜이 클리시에서 날 사랑하지 않는 것을 못 참았다. 솜이 반복해서 토토와 날 버리고 클리시를 떠나려고 했기 때문에. 나는 성난 짐승으로 변했으며 나중에는 미쳐서 솜의 마음을 상하게 했다. 내가 솜을 타이완에 데려다준 뒤 얼마 지나지 않아 솜은 미처 손쓸 새도 없이 등을 돌렸고 나는 혼자 파리로 돌아왔다. 솜은 재빨리 다른 사람을 찾았다. 모두 자업자득이다.

왜냐하면 나는 결코 솜을 다치게 한 것처럼 누군가를 다치게 한 적이 없고, 앞으로도 다시는 그럴 수 없을 것이기 때문이다.

이렇게 나의 지나친 사랑이 내게 해를 끼치고 솜을 잃게 한 것이다. 나는 이미 지나친 사랑을 줄일 수 없고, 솜이 날 버리는 고통 또한 더더욱 견딜 수 없다. 솜의 상처를 되돌릴 수 있는 방법이 있다면 좀 좋아지도록 참을 텐데. 나는 버림받고 배반당하는 이 운명을 받아들여 두 눈을 뜬 채 속수무책으로 죽음을 기다릴 수밖에 없다. 나는 실패하지 않을 수 없다. 나 자신을 도울 수 없다.

한번은 타이완에 있을 때 동생에게 이런 사실을 털어놓았다. 내가 파리에 있는 다섯 개 연구 기관에 현재의 과학 기술을 통해 난자와 난자 결합으로 아이를 낳을 수 있는지를 문의해 봤다고. 그 애는 대학 자연과학원 건물 앞에서 요란하게 웃으면서 나를 위해 '새로운 과학 기술 개발'에 힘쓰겠다고 말했다. 도쿄에 있을 때 나는 또 이 얘기를 영에게 한 번 더 했다. 영은 호기심 반, 웃음 반으로 나를 나무라며 말했다. "너 정말 아이 갖길 원해? 미쳤니?" 나는 한 번도 아이를 낳을 수 있는 나를 상상한 적이 없으면서, 분명 솜을 닮은 딸을 꿈꿨다. 특별히 솜을 닮으면 된다는 상상을 한 것은 솜이 더 이상 나를 사랑하지 않는다는 것을 느끼면서부터였다.

나는 오직 한 사람을 원한다. 평생 나를 떠나지 않을 한 사람을 원하며, 완전히 솜을 닮은 사람을 원한다. 왜 반드시 솜을 닮아야 하는지, 달라서는 안 되는지 나도 잘 모르겠다. 오직 솜을 닮은 사람이라야 솜을 사랑하듯 사랑할 수 있을 테고, 어떻게 변하든 생로병사를 함께하며, 사랑하고 돌볼 수 있으며, 모든 최선을 다하며 평생토록 노력을 지속할 수 있을 것이다. 나는 완전히 솜을 닮은 한 인간이 평생토록 내 사랑과 보살핌을 필요로 하길 갈망한다.

내가 그토록 솜을 지극히 사랑하는 것은 솜이 완벽하게 아름다워서도, 솜이 나에게 잘 맞는 최적의 조건을 갖추어서도 아니다. 다른 사람들이 보기에 아마 솜은 평범한 젊은 여자일 것이다. 나는 솜을 이렇게 사랑한다. 내 사랑은 솜으로 인해 성숙해졌다. 맞아, 이 사실은 내 일생에서 무슨 일이 있어도 결코 말살될 수 없는 이정표다.

한동안 우리는 서로를 아름답게 사랑했고, 내가 꿈꾸고 깊이 갈망하던 사랑의 결합을 이루어 냈다. 분명 완벽한 몸과 마음의 결합이었으며, 분명 손발이 닳도록 하나의 몸처럼 움직이며 우리들 사랑의 공동 이상을 실천했다. 프랑스로 공부하러 떠나기 몇 달 전 솜을 알게 되고, 프랑스에서 머무르던 중간 지점까지 우리는 분명 심장을 관통한 사랑의 낙원에서 함께 살았다. 나는 그렇게 아름다운 사랑을 다른 사람과는 할 수 없음을, 다시는 내가 갈망했던 그런 애정의 결합을 다른 사람과는 창조할 수 없음을 안다. 내 마음은 그럴 가능성에조차 저항한다. '나는 싫어.' 비록 솜은 떠났고 나 혼자 남았지만. 솜이 내 마음을 아프게 하고 날 파멸시키고 또 한 맺히게 했지만, 나는 여전히 이 '결합' 안에 있지 않고는 나 자신을 볼 수 없으며 이 '결합'이 없다고도 느끼지 않는다.

모든 비극은 내 욕망을 성숙시키는 과정이다. 솜의 존재는 내 안의 사랑을 위한 엄청난 잠재력이고 사랑을 위한 최대 에너지이다. 그렇기에 내 안에 깊게 새겨져 솜만을 가리키는 것이다. 오직 솜 때문에 내 욕망의 능력이 거대해졌고 내 삶이 개방되었다. 내가 버림받았기 때문에 솜에게 카타르시스를 제공할 수 있다. 나는 솜의 삶을 사랑하는 일에 책임지는 '전문가'다. 힘들이지 않고 여유롭게 여전히 솜에게 더 큰 에너지를 줄 수 있고 더 사랑할 수 있다!

모든 삶은 오직 솜으로 귀착된다. 다시는 다른 누구를 솜처럼 아름답게 느낄 수 없음을 안다. 나는 솜의 눈, 이마, 입술, 머리칼, 손, 발, 얼굴, 몸, 목소리, 체취, 행동의 크고 작은 동작 하나하나, 말할 때 표정들, 솜이 입는 옷과 화장, 미적 감각, 솜이 다른 사람과 어울리는 방식, 솜이 동물과 함께할 때의 온화함, 솜의 기질 중 가장 깊고 나를 두근거리게 하는 그 품성, 솜과 내가 공유했던 삶에 대한 이해와 지혜, 나를 배려하고 내 말에 귀기울이고 내게 기여하고 나를 사랑하는 독특한 방법과 천성 들을 다른 누구를 통해도 느낄 수 없을 것이다. 내가 솜을 원망하고 때리며 소리 지를 때조차 나는 고통스레 솜이 내게 과분하다는 것을 알았다.

5월 8일

○

I.

방금 삼십 분 동안 내가 깨달은 것은 아마 내 생애 가장 중요한 전환점이 될 것이다.

내 내부의 성적 욕망이라는 커다란 주제에 대한 주요 사건이다. 하지만 아직 솜에게 설명할 준비가 안 됐다.

로렌스가 처음으로 내 몸 안으로 들어왔을 때 나는 거의 스스로가 붕괴될 것 같은 정신과 육체의 큰 부담을 느꼈다. 모호한 자아로 인해 가위눌렸던 어린 시절 이후로는 다시 경험해 본 적 없는 느낌으로, 정신과 육체의 이중적인 불침투성imperméabilité에서 오는 고통인 것이다. 비록 나는 이미 높고 강한 자아의 인식을 단련했지만, 그 경험은 지나치게 강렬해서 한순간 내 정신과 육체의 이해를 넘어섰다.

II.

언니가 타이완에서 전화를 걸어 내가 원하는 CD를 보냈다고 말했다. 언니는 요즘 잠자기 전 한동안 염주를 돌려야만 잠들 수 있다고 했다. 아니면 자꾸 사람 죽는 꿈을 꾸게 된다는 거였다……. 내가 영에게 전화했던 그 새벽, 영은 시차를 기다렸다가 내게 전화하려는 참에 뜻밖에도 내가 먼저 착하게 전화를 걸었다고 말했다. 그날 영은 밤새도록 내 관이 집 문 앞에 놓였는데 처음부터 끝까지 나를 확인할 수 없는 악몽이 시달렸다고 했다. 여동생도 올해 초에 내가 계속 아프다고 소리치는 꿈을 꿨다! (솜이 파리에서 나를 아프게 했던 무렵이다.) 동생의 잠재의식은 틀림없이 정확한 편이며, 그 힘으로 내 생명을 지켜 왔다. 우리는 이미 육 년 동안 이런 연결 고리를 공유했다. 언니가 꿈에서 본 죽은 사람도, 영이 꿈에서 본 관에 있는 사람도, 모두 나다. 그 두 사람은 3월 이후 내 존재의 가장 중심에서 보내는 구조 신호를 가장 강렬하게 받은 것이다. 언니와 영 때문에 내 신체는 여전히 존재하고 있다. 하나는 내 혈족, 하나는 첫 만남부터 나를 진심으로 필요로 한다고 느꼈던 한 사람이다. 영과 나의 이런 깊은 관계는 오 년 넘게 지속되어 왔다. 그래, 언니와 영이 옳았어. 심지어 경진까지도 내 구조 신호를 받았는지, 내가 도쿄에서 파리로 돌아온 뒤 삼 일째 되는 날 신비롭게도 경진의 전화를 받았다. (그

때 나는 이미 경진과 세 달째 연락을 하지 않았다.) 그 날 저녁 경진은 아예 먹지 못하고, 또 임의로 수면제를 복용한 나를 데려 나가 저녁을 사 주었다. 나중에 나는 왜 나에게 가까이 다가오느냐고 경진에게 물었다. 경진은 웃으면서 계속 내가 보내는 구조 신호를 받고 있기 때문이라고 답했다.

구조 신호, 맞아. 나는 구조 신호를 보냈지! 1994년 8월부터, 솜의 비밀스럽고 잔인한 배신을 알게 된 이후 나는 죽음의 길고 어두운 골목으로 접어들었다. 나는 아마 내가 죽게 될 것이라는 가능성을 짙게 느꼈다. 3월 13일에 나는 죽음과 아주 얇은 막을 사이에 두고 바짝 붙어 함께 있어 봤다. 영을 만나러 가기 전 십 일 동안 죽음이 아무 때고 나를 데려갈 것처럼, 나는 죽음에 관한 모든 말들이 형용할 수 없는 전율의 심연 속에 살았다. 처음이었다. 정신적 삶과 육체적인 삶이 이중으로 파멸하는 가운데, 죽음이 가장 큰 가능성을 지니고 내 삶과 마주했다. (비교하자면 과거에 경험했던 죽음은 죽고 싶다는 자발적 생각일 뿐이며 심각한 교통사고는 다만 육체적인 사망에 이르는 가능성일 뿐이다.) 지금까지도 나는 내가 이 '죽음의 어두운 골목'에서 빠져나왔는지 잘 모르겠다. 3월 초 파리로 막 돌아온 뒤로 나는 밤 10시쯤 자주 센 강변을 따라 걸었다. 그때부터 소설 하나를 쓰는 나 자신을 상상했다. 제목은 '깊이 사랑하는 사람들에게 보내는 유서'였다. 사랑했던 사람 각자에게 보

내는 유서들의 마지막 줄에는 이렇게 쓴다. '나를 구해줘!'

하지만 소설 중 솜에게 남기는 말은 한 줄도 없다.

요즘 내가 글을 쓰는 행위는 마지막으로 솜을 용서하려는 시도다. 만약 이 시도조차 실패로 돌아간다면 솜을 그토록 깊이 혐오하는 내 몸 안에서 나 역시 살 수 없다. 결국 내가 죽는다면 살아있다는 것에 대한 마지막 화해이며, 혐오와 뒤엉킨 내 깊은 사랑과의 화해인 것이다. 또한 솜의 삶과 화해하는 마지막 방식이다. 내 죽음은 솜이 가진 진지하고 성실한 본성을 일깨울 것이다. 용서라는 문제는 사라질 것이다. 우리가 서로 사랑했던 근원지가 여기다. 반대로 내가 운 좋게 살아남을 수 있다면 가장 잔인한 방법으로 철저하게 솜을 버리고 철저하게 내 삶 속에서 지울 것이다. 왜냐하면 솜을 너무 깊게 사랑했기 때문에. 솜이 진실하지 못하게 나를 대하고 너무 깊은 상처를 입혔기 때문이다.

'용서'라는 주제는 솜뿐 아니라 나 자신을 구하는 일과 관련이 있다.

Ⅲ.

헤르베르트 마르쿠제Herbert Marcuse가 그의 저서 『에로스와 문명』에서 말한 한 구절을 읽었다. '에로스란 성의 양적 확장과 질적 향상을 말한다.' 나는 무척 상심했다.

내가 에로스를 한 파트너에게서 찾는 한 결코 만족이 있을 수 없겠구나 싶었다. 나는 갑자기 깨달은 이 사실로 너무 상심했다, 정말이지 너무 상심했다. 내 '충족되지 않은 욕구' 때문에 첫 번째로 수요는 나를 선택하지 않고 다른 사람과 달아났다. 두 번째로 온몸과 마음을 다해 나의 솜을 만족시키겠다고 맹세했으나 결국 너무 무서운 재앙과 마주했으며 자신을 돌보지 못했다. 또 가장 비참하고 냉정한 방식으로 자신을 버리고, 사랑과 에로스의 이중 배반을 받는 운명을 무리하게 선택했다. 첫 번째보다 훨씬 더 황당하고 우스워졌다. 내 운명의 장난은 내가 그 두 여자를 사랑하지 않았기 때문도 아니고, 이 두 가지에 대한 '불만족'으로 인해 두 사람을 배반한 때문도 아니며, 내 '충족되지 않은 욕구'가 너무도 선명하게 그들의 눈에 드러났기 때문이다. 아, 결국 나는 내 '충족되지 않은 욕구' 때문에 버림받은 것이다. 틀림없이 그건 내 잘못이 아니다.

비록 나는 '충족되지 않은 욕구'로 인해 종종 좌절하고 고통스러웠으며, 심지어 잠시나마 솜을 비판했다. 솜은 절대 이해할 수 없겠지만, 그런 솜이 내게 준 다른 종류의 것들이 내 '충족되지 않은 욕구'를 충분히 채우고도 남았으며 내게 있어서는 더 중요했다. 아마 내가 솜에게 말한 것들이 너무 뒤죽박죽 복잡해서 그녀에게 분명하게 전달되지 않았을 것이다. 내가 가장 중요하게 생각한 것은 솜 안의 영원한 존재이며, 오직 그녀, 그 누구도 아닌 단 한 사람이다. 비록 다른 사람을 만족시키고 다른 사람을 통해 충족되는 것도 중요하지만, 지금 새로운 사람이 나타나 완벽하게 나를 만족시키고 내게 만족한다 하더라도 그 사람이 내가 가장 중요하게 여기는 그 영원한 존재일 수 없다. 내가 원하는 내 삶의 에로스는 만족과 불만족을 훨씬 뛰어넘는 그 이상의 의미다. 내가 원하는 것은 삶 속에서 마지막 순간까지 함께하는 가장 깊은 에로스—'영원'이다.

솜, '영원'이란 뭘까? '영원'은 우리가 시간과 공간의 한계, 삶과 죽음의 경계를 초월해서 서로 사랑하는 삶 속에 함께 존재(아니면 부재)하는 것이다. 서로 사랑한다는 것은 우리 개개인의 몸 안에서 완전히 봉쇄되는 것이 아니며, 너와 내가 서로 이해하고 사랑함을 소통하는 것이다. 죽음과 삶은 중요하지 않다. 우리 사이 에로스의 핵심은 서로 교류하고 관통하는 것이다. 이것이야말로 너의 '영원'이며, 너를 위해 모은 내 '영원'이다.

내 생각에 너는 나를 완전히 만족시킬 수 없는 스스로를 무시할 수 없었을 것이며, 또한 내재된 내 에로스의 질적 양적 요구도 너를 속일 수 없었을 것이다. 그렇기에 나를 사랑하겠다고 결정한 그 순간부터 너는 줄곧 괴롭고 실망스런 문제를 다뤄야 했고 내 에로스에 대한 질적 양적 요구는 천천히 너를 부담스럽게 했을 것이다.

결국 너는 나를 만족시켜야 하는 울타리로부터 벗어나 다른 사람을 위한 욕망에 헌신하며, 네 영혼과 몸을 정착시킬 새로운 곳을 찾았다. 나는 나에 대한 네 깊은 사랑을 잘 알고 있으며 내가 받은 것 중 네 사랑이 가장 강렬했다. 하지만 내 괴롭고 실망스런 문제를 감당할 수 없었기에 너는 네 에로스의 핵심 위치에 있던 나를 없앴다. 내 '영원'을 취소했는데, 어쩌면 애초에 네 마음속에 없었는지도 모르겠다.

하지만 내 '영원'이 취소된 것과 상관없이 과거 네가 준 깊고 돈독했던 사랑이 내 안에 있는 네 '영원'을 붙잡았다. 우리 사랑의 결합은 내 마음 안의 '영원'이 꽃봉오리를 맺을 정도로 깊어졌다. 이 꽃봉오리는 삶이 내게 선물한 가장 귀한 재산이며 가장 아름다운 행복이다. 나는 내 마음속 꽃봉오리를 영원히 키울 것이다. 비록 네게 나와 같은 꽃봉오리를 기르도록 요구할 수 없겠지만 이 꽃봉오리는 내가 갈망하면서 또 기도할 수 있게 하는 가장 아름다운 선물이다. 이 선물은 네가 내게 준 것으로 네 사랑이 내 삶 안에서 꽃봉오리로 자라난 것이다. 나는 네가 고맙다!

너는 내가 이렇게 마음속 깊은 곳에서부터 너를 사랑한 줄 모른다. 요즘 네가 준 상처와 고통이 너무 많아서 한 번에 소화시킬 수 없었기에 지금까지 나는 분노와 원한의 불꽃이었다. 하지만 사실 나는 네가 내게 준 꽃봉오리를 정말로 소중히 여기며 토토를 귀하게 여기듯 네가 내게 준 풀 하나, 식물 하나, 바늘 하나, 실오라기 하나, 글 한 줄까지 아꼈다. 나는 매일 이 꽃봉오리에 물을 주고 거름을 주어 계절마다 끝없이 피어나게 할 것이다. 내 욕망의 중심에 네가 생생하게 살아서 숨 쉬고, 웃고, 경쾌하게 뛰길 바란다. 내 삶은 이렇게 계속될 수 있어. (만약 내가 내 한을 극복할 수만 있다면) 나는 무척 행복하다!

마르그리트 유르스나르Marguerite Yourcenar는 소설 『하드리아누스 황제의 회상록Mémoires d'Hadrien』에서 묘사했다. 로마 황제 하드리아누스가 총애하는 그리스 소년 안티노우스는 사랑의 완성을 위해 스무 살에 강물 아래로 떨어져 죽음으로써 영원히 황제를 사랑하겠다는 맹세를 실천했다고. 반백의 늙은 황제는 죽은 소년의 시신 앞에서 '영원히 한 사람의 황제가 되었다.'며, 안티노우스의 사랑을 깨닫고 되새겼다.

사람이 지나치게 행복하면 맹목적으로 나이를 먹고 추해진다. 내가 과연 이처럼 충만한 복을 누린 적이 있던가? 안티노우스는 세상을 떠났다. 지금 로마에서 세르비아누스는 틀림없이 내가 그를 너무 총애했다고 선언할 테지만 사실 나는 진실로 그를 충분히 사랑하지 못했으며 결국 어린 소년을 계속 살아가지 못하게 했다. 오르페우스교를 숭배하는 사령관 카브리아스는 자살을 범죄라고 생각해 안티노우스의 죽음이 제사를 위한 것이라

강조했다. 나 자신은 그의 죽음이 일종의 내게 헌신하는 방식이라고 여긴다. 그래서 두렵고 놀라우면서도 또한 기쁘다. 하지만 오직 나 혼자만이 짐작할 수 있는 일이다. 따뜻한 정 깊은 곳에 얼마나 많은 쓰라림과 고통을 품었을 것이며, 자신을 희생하는 가운데 얼마나 많은 절망을 감추었을지. 내게 깊은 상처를 입은 소년이 오히려 자신을 버리고 내게로 돌아와 주었다. 둘이 아닌 하나만을 섬기는 헌신을 증명한 것이다. 모든 것을 잃어버릴까 두려워한 소년이 나를 영원히 그에게 묶어 둘 방법을 찾아냈다. 만약 그가 죽음으로써 나를 지키고자 했다면, 그는 틀림없이 자기가 사랑을 잃었다 느끼고 미처 내가 그를 잃게 됨은 깨닫지 못했던 것이므로, 사실은 내게 가장 아픈 병을 주었다.

안티노우스는 죽음으로 하드리아누스에 대한 영원한 사랑을 완성했다. 유르스나르 또한 소설 『하드리아누스 황제의 회상록』을 북대서양 연안의 마운트데저트섬*에서 사십 년 동안 함께 지낸 동성 연인 그레이스 프릭Grace Frick에게 헌정했다. 1975년에 유르스나르는 프릭을 화장한 뒤, 프릭이 자주 걸치고 다니던 숄에 유골의 재를 싸

●   Mount Desert Island. 캐나다 부근 미국 메인 주에 속한 섬. 몽 데제르 Monts-Déserts 섬으로도 불린다.

서 생전에 좋아했던 인디언 바구니에 넣고 땅속에 묻었다. 평생을 같이한 반려를 자기가 직접 안장한 것이다. 이 또한 그녀가 그레이스 프릭을 향한 영원한 사랑을 완성한 한 방법이다.

솜, 이미 네가 나를 버렸다고 해도 나는 안티노우스와 유르스나르처럼 아름답기를 원한다. 나는 삶에 대한 욕심이 너무 커서 오직 그런 종류의 아름다운 삶을 살았어야 월계관을 쓸 수 있다. 나는 월계관을 바라며, 안티노우스와 유르스나르처럼 아름답길 바란다. 비록 내가 바친 월계관을 네가 원치 않더라도 나는 나 자신을 신상神像으로 바꿔 내 삶의 전당에 세울 것이며, 나를 버린 너에게 제사 지낼 것이다. 내 방식으로 영원한 사랑의 의미를 완성할 것이다!

Letter Ten

열 번째 편지

5월 11일

○

친애하는 영에게

언니가 내가 원했던 CD 두 장을 보내 줬다. 5월 7일
에 발송된 것이다. 집배원은 오늘 아침 일찍 초인종을
눌러 직접 전해 주었고, 나는 곧장 책상 앞으로 달려가
도쿄의 추억에 관해 쓰기 시작했다. 이 CD 두 장은 우
리가 도쿄에서 함께 들었던 음악이다. 나는 네가 내게
경험토록 해 준 우리의 깊은 사랑을 세 개 곡에 은밀히
숨겼다.

나는 또 우리가 도쿄에서 찍은 사진들을 기다린다.
내가 너를 찍고, 네가 나를 찍고, 무엇보다 소중한 우리
둘이 함께 찍은 사진들. 너는 사진 찍는 것을 아주 싫어
하지만 내가 네게 졸라 억지로 친구 사진기를 빌리게 했
지. 넌 내 사진 한 장 가져 본 적이 없잖아. 나는 곧 죽
을 수도 있어. 아마 이번 도쿄행이 우리가 서로를 만나

는 마지막이 될지도 몰라. 그래서 나는 이 생에 남은 내 모든 사랑을 네게 주고 싶어 갔던 거야. 만약 네가 나를 영원히 잃게 된다면, 그런데 네가 그토록 깊이 사랑했던 사람의 사진 한 장 갖고 있지 않다면, 어떻게 한때 내가 네게 전념했던 자세와 모습을 기억해 낼 수 있겠니? 정말 슬픈 일이지. 이토록 젊은 나를, 도쿄에 있는 동안 더없이 아름다웠던 나를 어떻게 달리 간직할 수 있겠어?

나는 아직 사진을 못 받았다. 어제 수요일에 네게 전화하면서 사진들을 보냈는지 감히 묻지 못했다. 왜냐하면 네가 또 나를 네 생활의 사각지대에 넣고 잠그려는 것을 알기 때문이다. 넌 내게 편지도 쓰지 말고 전화도 하지 말라고 했지만, 난 네가 모든 사람에게 저항하며 마음속으로 소리 높여 외치는 것을 느꼈다. '나는 누구도 필요 없어. 혼자서도 잘 살아!' 그런 성질을 또 내게 부리는 것이다. 우체국 밖에 있는 공중전화 부스를 나오니 어지럽고 눈앞이 캄캄하며 다리가 후들거려서 잠시 문 옆에 섰다. 너를 위해 슬퍼한 것이다. 나는 결코 너를 해치지 않을 것이며 네 삶 속에서 이미 부드러운 사람이 되었다. 그런데 넌 왜 내게까지 저항하는 거니? 타인들이 네게 많은 상처를 준다면 너는 또 왜 자신을 더 괴롭히면서 원래 본인이 당연히 받아야 할 것까지 모두 내팽개치는 거야? 마음이 아프다! 정말 앞으로 삼 년 더 널 외면하고 네 삶을 보지 않기를 바라니? 나는 널 너무 이해하기 때문에 맥이 풀리고 녹초가 되는 거야. 어떻게 해야 네가 그토록 고집스럽게 자신을 '사랑의 황무지'에 방치 못 하게 막을지, 어떻게 해야 네 고집을 이길 수 있을지 모르겠어. 내가 삼 년 동안 등을 돌려 너를 보지 않는 것이 네게 얼마나 잔인한 일인지 알아. 넌 언제나 진정 나를 필요로 하는 네 속마음을 반대로 표현하지. 예전에 나는 널 이해하지 못했고, 철저하게 날 거절하는 네 표면적인 배척과 냉정함을 믿었고, 한 번 떠나간 뒤로는 돌아보지 않았어.

(버려지는 것은 죽음보다 더 고통스럽다.) 너는 이렇게 간단하게 말했지.

영, 예전에 나는 네게 내내 헛소리만 했다. 도쿄에서조차 내 기억을 믿지 않았고, 그런 내게 너는 농담으로 너에 대한 내 기억은 모두 사실이 아니라고 말했어. 하지만 만일 기억이 사실이라면 용기 있게 직시할 수 있을까? 너를 향한 내 속박되지 않은 에로스를 마주할 수 있을까? 네가 거절한 것들이 무엇인지 받아들일 수 있니? 만일 내가 모든 것을 말한다면 너는 그저 깊은 슬픔 속에서 내 죽음을 기다리는 대신 진실과 마주할 수 있겠어?

내가 너를 사랑하는 방식은 모두 네게 지도록 허락하는 것이다.

네게 순종하며 나 자신을 위해 어떤 권리도 쟁취하지 않는 거야. 너를 무척 아낀다. 무척 아낀다. 거듭 무척 아낀다.

너 이걸 아니? 알기를 원하니?

너 내 삶 중 가장 심오한 부분을 이해하는 단 한 사람이야.

영, 만일 내가 한 말들이 모두 진실이라면 다자이 오사무가 소설 『인간 실격』을 쓴 뒤 애인과 함께 강에 투신한 것처럼 나도 그래야 할까? 너는 나를 다자이 오사무가 투신한 그 강으로 데려가겠다고 했다. 우리는 근대 문학관에 가서 일본 사람들이 다자이 오사무의 몸을 물에서 건져 올리는 사진을 봤지. 그 순간이 내게 있어서는 가장 좋은 암시였어. 영, 내가 죽을 수 있을까? 오랫동안 나는 다자이 오사무를 좋아했지. 너도 알다시피 다른 예술가들에 대한 사랑과는 전혀 다른 방식으로 말이야. 다자이 오사무는 바르지 못했고 미처 위대해지기도 전에 죽었어. 미시마 유키오에게 '기가 약하다.'는 조소까지 받았지만 상관없다. 조롱하려면 조롱해, 얼마든지 좋아. 그를 조롱하는 사람들은 모종의 부패나 위선을 가리는 사람으로, 심지어 미시마 유키오도 그런 사람이지. 나는 다자이 오사무와 본질적으로 같은 종류의 사람이다. 영, 나는 죽기 전에 다시 한번 도쿄로 가서 그가 투신한 그 강을 보고 싶다. 지난번에 넌 나를 강까지 데려가진 못했잖아. 나를 데려가 줘. 그럴 거지?

다자이 오사무는 무엇보다 세상 사람들의 위선을 싫어했다. 그는 사람들의 위선 때문에 죽었다고도 할 수 있다. 그가 무척 좋아했던 프랑스 시인 기욤 아폴리네르 *Guillaume Apollinaire*도 위선을 싫어했다. 다자이 오사무는 이렇게 말했다. 세상 사람들 모두가 허세와 거드름을 피우며, 자신을 공포로 몰아넣는다고.

1995년 3월 24일, 나는 도쿄 나리타 공항에 도착했다. 23일 나는 파리 샤를 드골 공항에서 캐세이퍼시픽 비행기를 타고 열여섯 시간 걸려 홍콩으로 간 다음, 다시 홍콩에서 네 시간 걸려 도쿄에 도착했다.

홍콩행 비행기 안에서 나는 창가 자리에 앉았는데, 창밖의 기류가 안정적이지 않아 온몸을 떨었다. 기장은 방송으로 승객들에게 모두 자리에 앉아 기다려 달라고 부탁했다. 나는 비행기 사고를 예감하면서 내 몸에 내재된 죽음의 기운이 너무 강렬하다고 생각했다. 내가 비행기를 타서 승객들 모두를 죽음의 기운에 휩싸이게 하고 비행기 전체를 기류 속에서 끊임없이 요동치게 하며 기내 직원과 승객들의 안색을 엄숙하게 만드는 것처럼 느껴졌다. 나는 홀로 창밖의 새하얀 구름을 바라보며, 비행기가 폭발하고 내 몸이 흰 구름 속에서 해체되어 타오르면 어떤 모습일지 상상해 봤다. 나는 여러 번 승무원에게 맥주를 한 잔 더 달라고 부탁했다. 내가 절대로 잠들 수 없다는 것을 스스로 뻔히 알았지만 뭐라도 해서 시간이 조금이나마 줄길 바랐다. 그렇게 일분일초 심장이 타들어 가는 느낌으로 영과 다시 만날 것을 기대했다.

내 온몸이 떨린 것은 죽음이 두려워서가 아니었다. 반대로 나는 육체적 사망이 하나도 무섭지 않았다. 그 순간 육체의 소멸은 나를 해방시켜 줄 뿐이었기 때문이다.

3월 13일 정신이 무너진 뒤 열흘 동안 나는 잠을 잘 수 없었다. 많은 술을 마시며 의식을 잃도록 몸을 공격했다. 하지만 불규칙적이고 간헐적인 의식 불명이라 나는 지옥과 다름없는 악몽에 시달리며 고함치고 울 뿐이었다. 정신과 육체의 이중 고통은 너무 심하고 절대적이다. 나는 완전히 음식을 먹을 수 없게 되어 어떤 음식이든 억지로 넘기면 바로 토해 버렸다. 정력은 바닥났다. 마치 유기체가 견딜 수 있는 상처를 초과한 듯이 내 속의 오장육부는 눌려 갈린 듯했다. 열흘 동안 나는 대부분의 시간을 방에 갇혀 술을 마시면서, 머릿속에서부터 폭발하는 엄청난 고통을 진정시키고 해소하려 했다. 나는 이 일로 내가 죽고 말겠구나 하는 확신이 들었다. 침대에 누워 벌벌 떨거나 헛구역질을 하거나 머리가 깨질 듯 아픈 두통에 시달렸다. 3월 13일 이후 내 발광으로 관자놀이 부근 피부가 찢어지고 왼쪽 귀와 머리칼 사이가 피범벅이 된 줄은 아무도 몰랐다……. 나는 내 필연적인 죽음을 확신했고 엄마와 언니, 수요, 영에게 국제전화를 해 솔직하게 말했다. 엄마를 빼고 그들에게 내가 죽음의 위기에 처했음을 털어놓았다. 애써 버티면서 영을 보러 일본에 간 것은 내가 죽기 전에 이루고 싶은 두 가지 소원 중 하나를 위해서다. 나는 자유의 몸으로, 예전에는 영에게 준 적 없는 열정을 주고 싶었다.

비행기 출발 하루 전날, 나는 분발해 카밀라의 주치의를 찾아갔고 한 달 치 사십 알 수면제를 받았다. 의사는 무척 조용하고 온화했다. 그는 나에게 진찰대에 누우라고 하더니 일반적인 검사를 시작했다. 내 옷소매를 올려 보고 손 위의 상처를 봤으며 관자놀이의 상처와 혈흔도 발견했다. 그는 잠깐 멍하게 있더니 아무것도 묻지 않았고 나 역시 아무 말도 하지 않았다. 내 생각에 그는 나를 자해 성향이 있는 사람으로 여겼을 것이며, 더 많은 수면제 처방을 내리길 원치 않았다. 나서기 전 내가 일어서서 악수를 하자 그는 조용히 이해한다는 듯이 말했다. *"Trahison?"* *배신인가요?* 진료실 문을 닫으면서 나는 울컥 쏟아지려는 눈물을 참았다. 낯선 프랑스 의사가 내 고통을 따뜻하게 어루만져 주자 견디기 힘들었다.

황당한 것은 나 스스로 '수면제'와 가장 밀접한 영역에서 그렇게 여러 해 동안 오래 공부했으면서 처음으로 복용할 때는 뜻밖에도 프랑스 가정 의학과 의사 장 마크 게레라Jean-Marc Guerrera로부터 처방을 받았다는 것이다. 나는 의사에게 이 영역에 그토록 오래 공들인 결론에 대해 이렇게 말했다. *"Je ne crois pas du tout le somnifère."* *저는 수면제를 전혀 믿지 않아요.* 의사는 웃으며 처방전을 건넸다.

그때 처음 수면제를 먹기로 결심했다. 수면제를 가장 반대했던 내가 복용을 결심했던 이유는 결코 수면제를 이용해 자살하려던 것이 아니라, 반대로 자살을 스스로 방지하려던 것이다. 영을 위해서였다. 나는 두 번째 자살 시도라는 추한 모습을 영에게 보일 수 없었다.

그 일이 처음으로 일어난 것은 3월 18일이었다. 닷새 후 나는 일본행 비자 신청을 결심했고, 삶에 움직임이 생기기 시작했다.

내가 가장 좋아하는 교수님의 수업은 토요일에 있었다. 은사님*, 그해 파리에서 나를 인도해 준 빛이며 가장 찬란하게 빛나는 예술과 삶의 등불이었다. 은사님은 격주로 한 번씩 만날 수 있었는데, 그녀야말로 진정한 문학 스승이며 내 대천사였다. 나는 간절한 마음으로 엉망진창이 된 몸을 끌고 '국제 철학원' 강의실로 가서 은사님의 목소리에 흠뻑 빠지려고 뒤쪽에 앉았다. 그날 은사님은 무척 기분이 상한 데다 화가 나서 격앙된 어조로 소리쳤다. 우파 권력이 우리 대학원의 연구 과정을 용인할 수 없다는 안건을 올리고 사흘 안에 답을 달라는 공문을 은사님에게 발송했다고 했다. 교육부의 최종 결정에 의하면 이미 우리 대학원에 들어온 박사 과정 신입

●　　엘렌 식수 Hélène Cixous (1937~) 프랑스 작가·극작가. 1970년대 프랑스 페미니즘의 흐름을 주도했다.

생 열 명과 박사 후보자 스무 명의 등록 자격을 취소하겠다는 것이다. 어이없는 웃음이 절로 나왔다. 자격이 취소되면 뭐, 좋다. 이대로 명쾌하게 은사님을 따르며 논문을 쓰자. 어쨌든 나는 지도 교수로 은사님을 결정했으니까. 프랑스 정부가 내게 학위를 주든, 안 주든 상관없다. 은사님은 국제 사회에 여론을 일으켜 프랑스 정부의 결정에 끝까지 맞서겠다고 했다. 좋아, 혁명을 일으키자. 누가 지하 연구생보다 싸움을 더 잘할까. 세계를 뒤집어 버리자!

저녁 무렵 데 팜^{Des femmes}•• 출판사에서 올해 출간된 은사님의 책 사인회가 있었다. 나는 같은 대학원의 아이슬란드인 이르마^{Irma}, 이탈리아인 모니카^{Monika}, 프랑스인 미리엄^{Myriam}과 카페에 앉아서 프랑스 대통령 선거 상황과 우리 대학원을 지키기 위한 우파 정부와의 싸움에 대해 한참 이야기를 나눴다. 그 뒤 에콜 거리^{rue des Ecoles}를 빙빙 돌아 카르티에라탱 지역 중심지인 오데옹^{Odéon}에 도착했다. 걷는 동안 가느다란 이슬비가 내렸다. 춥지는 않은, 약간 썰렁한 정도로 늦겨울과 초봄이 교차하는 중이었다. 거리는 학생들로 가득 차 인문적인 분위기가 물씬 풍겼다. 카르티에라탱의 황혼은 마치 동화 같고, 연애

•• 에디시옹 데 팜 Edition des femmes. 프랑스 페미니즘 출판사로, '정치와 정신 분석' 활동가들과 함께 앙투아네크 푸크가 창립했다.

시 같고, 클림트의 모자이크 장식화 같고, 천국과 통하는 장밋빛 구름 같다……. 안개 낀 푸른 후광으로 빛나는 금빛, 이것이 나를 매혹하는 파리다. 네 사람 모두 우산을 가져오지 않아서 세 사람은 앞에서 빨리 걷기 시작했다. 나는 웃음을 참을 수 없어 빗속에서 활짝 웃으며 그들이 알아듣지 못할 중국 노래를 한 곡 또 한 곡 불렀고 세 사람은 여러 번 뒤돌아보며 귀신 얼굴로 눈을 부릅뜨고, 화내고, 나무라고, 투덜거리다 실없이 웃었다. 비에 젖은 셋의 금빛, 갈색, 밤색 머리칼이 석양빛을 받아 무척 아름다웠다. 나는 그들이 참 아름답고 파리가 참 아름답고 인생도 아름답다고 나와 그들, 나와 파리, 우리 인생 모두를 아주 가깝게 느꼈다. 우리 넷은 국적도 학적도 잃은, 집에서 멀리 떨어졌으며, 연인에게 버림받은 '천국의 아이들'이다.

"Pour mon oiseau chinois dont j'attends qu'elle m'envoie une message de sa plume." 내게 날아온 작은 중국 새가 간단한 소식이라도 전해 주길 기다린다.

은사님은 나를 차마 볼 수 없다는 듯 머리를 숙인 채, 새 소설 『유대인 신부*La Fiancée juive*』 첫 페이지에 이렇게 사인을 해 주셨다.

황송하게 책을 받아 들면서 탁자를 사이에 두고 선생님께 입맞춤 한 번 하고 싶다고 말했더니, 선생님은 일어나서 내가 양쪽 뺨에 키스하도록 해 주셨다. 나는 수줍게 그녀의 귓가에 중국어로 속삭였다. "사랑해요." 그러고는 다시 불어로 그 뜻을 *'Je vous aime,' 당신을 좋아해요*라고 알려 주었다. (사실 *"Je t'aime." 사랑해요* 라고 말했어야 했는데 나는 감히 그렇게 못했다. 선생님은 내게 흰 종이를 건넸고 나는 중문으로 썼다. *'我愛你.' 당신을 사랑해요.*

나는 팔짝팔짝 뛰며 경쾌하게 집으로 향했다. 4호선 지하철의 생플롱Simplon 역을 지나 조세프 디종 거리rue Joseph Dijon를 따라 걸었을 때는 거의 여덟 시쯤이었다. 몽마르트르의 한가운데, 구청 맞은편인 쥘 조프랭Jules Joffrin 인근 성당에서 종소리가 울려 퍼지면서 내 몸과 마음으로 스며들었다. 나는 가방에서 은사님의 소설을 꺼내 뭐라고 쓰셨는지 다시 읽었고, 그제야 비로소 내가 무슨 귀신이 조화를 부리듯 이미 *'我愛你'. 당신을 사랑해요*를 그녀가 기다리는 '메시지'로 보낸 것을 깨달았다.

'메시지message'는 은사님이 강의 중 늘 거론하는 주요 글자이며 문학의 관건이기도 한 '은유métaphore'가 아닌가! 이 작은 전송transport은 또 내 삶에 있어 어떤 소식을 은유할까?

3월 18일 그날의 일은 너무 시적이며 참으로 흐뭇해서 나는 정신이 조금 나갔다.

파리의 한밤중, 도쿄의 새벽이었다. 나는 영에게 전화를 걸어 내가 스스로를 심하게 상처 입혔으며 오늘 밤 죽을 준비를 하니 영을 보러 도쿄에 못 갈 것이라고 알렸다. 나는 영이 화가 나서 나를 경멸한다고 오해했고 수치스런 마음에 급하게 전화를 끊었다. 영은 곧바로 내게 전화를 걸어, 화를 냈으며 우리는 격렬한 말다툼을 벌였다. 영은 이미 감정을 어떻게 표현할지 몰라서 그저 화를 내며 마치 내가 강제로 요구라도 한 듯 등록금, 생활비, 나를 데리고 병원에 갈 치료비를 몽땅 국제 전화비로 날렸다고 말했다. 영은 내게 이 순간 자기가 뭘 어떻게 할 수 있냐고 물었다. 나는 영에게 너무 미안해졌다. 영의 또 다른 말 때문에 나는 속으로 맹세했다. 다시는 영에게 내 이런 위험한 모습을 보이지 말자.

"나도 알고 있어. 죽는 것이 네게는 좋을 수도 있다는 걸. 하지만 네가 죽으면 영원히 사라지는 거고, 그러면 영원히 다시는 널 볼 수 없게 되잖아."

3월 24일, 해 질 무렵의 도쿄. 헤어진 지 삼 년 만에 나리타 공항의 출구에서 마침내 영을 만났다.

영은 검은색 외투, 검은색 주름진 치마, 외투 안쪽에 노란색 울 니트를 입었다. 고귀한 검정과 눈부신 노랑. 긴 머리는 뒤로 단정하게 빗어 넘겼다. 옅은 화장이 붉은 입술과 커다랗고 빛나는 눈을 부각시켰다. 영은 우아한 검정 손가방을 들었다. 그녀는 멋져 보였고, 많이 성장했다.

파리를 떠나기 전에 나는 새로 머리를 자르고 낡은 청바지 차림을 벗어 던졌다. 새 옷으로 온몸을 꾸몄다.

갈색 체크 외투, 줄무늬가 있는 부드러운 회색 바지, 흰색 면 셔츠와 크림색 조끼를 입었다. 갈색 야구 모자와 갈색 가죽 신발, 회색의 긴 스카프까지. 나는 어깨에 검은색 백팩을 메고 캐리어 하나를 끌었다. 캐리어 안에는 간단한 세면도구와 갈아입을 옷, 책이 있는데 거의 가방 가득 책뿐이다. 마르그리트 유르스나르의 전기, 데리다Derrida*의 『눈먼 자의 기억Mémoire d'aveugle』, 은사님의 오디오 북 『결혼식 준비Préparatifs de noces』와 수많은 중국 시집들……. 백팩에는 일기와 수면제가 있다. 나는 영에게 가장 잘 보이고 싶었다. 영원히 기억될 마지막 내 모습.

입국장으로 나오자마자 나는 군중 속에서 영을 봤지만 영은 나를 못 봤다. 나는 영을 부르며 단숨에 뛰어가 입맞춤을 했다.

영이 알아서 도쿄로 나를 데려가도록 몸을 맡겼다. 영은 고속 철도 안에서 내게 시시콜콜한 이야기를 계속했다. 지나가는 길에 있는 풍경을 설명하거나 일본인들의 무례한 점, 요즘 일상생활에 대해서 얘기했다. 또 나를 오후 내내 기다렸다고 했다. 공항 대합실의 화면을 뚫어지게 쳐다보며 천 개 얼굴 사이에서 나를 찾았는데,

---

● 자크 데리다 Jacques Derrida (1930~2004). 알제리 태생의 프랑스 철학자. 철학뿐 아니라 문학, 회화, 정신 분석학 등 문화 전반에 걸쳐 많은 저서를 남겼으며 현대 철학에 '해체' 개념을 도입했다.

당연히 청바지에 검은 외투를 입은 사람이 나일 거라고 생각했다는 것이다. 계속 보고 있으려니 눈도 아프고 나를 놓쳤을까 봐 겁이 났다고 했다. 왜냐하면 내가 영에게 돈도 별로 없고 영어도 거의 잊어버렸고, 또 처음으로 혼자 일본에 가는 거니까 나리타 공항에 나 혼자 두면 안 된다고 당부했기 때문이다. 열차 안에서 영은 내내 말을 하고 나는 웃으면서 조용히 듣기만 했다. 우리 중 누구도 서로를 쳐다보지 못하다가 갑자기 영이 고개를 돌려 나를 보며 말했다. "사람을 마중 나오니까 참 좋다."

영은 정말 행복해했다. 영이 스스로 좋다고 말할 리 없지만 나는 다 알고 있다.

영, 내가 만일 진실을 말한다면 내 존재의 백 퍼센트를 바쳐 너에게 사랑을 표현한다면 넌 받아들일 수 있을까? 넌 그런 내가 괜찮을까? 아니면 여전히 날 놀리거나 화를 내거나 고개를 돌려 침묵할까? 만약에 내가 네게 숨김없이 솔직하다면, 이건 너를 모독하는 것일까?

Letter Seventeen

열일곱 번째 편지

5월 18일

○

　도쿄에서 우리가 다시 만나기 전, 나는 살면서 그처럼 사랑받고 도움받으리라고는 생각해 본 적이 없다.

　이 특별한 경험을 내가 쓰지 않는다면 그 의미는 이 세상에서 사라질 것이다. 세상에는 자신들만의 유일무이한 경험을 주도해서 소통하고, 경험들 사이의 미묘한 차이를 구별하길 원하는 사람이 거의 없기 때문이다.

　영을 알고 지낸 오 년 동안 나는 항상 영과 완전히 소통할 수 없어 고민해 왔다. 영과 나는 어떻게 손쓸 수 없는 단멸斷滅의 관계로 지냈다. 영은 나와의 소통을 주도해서 자기를 이해시키려 하지 않았을 뿐 아니라 내가 소통하려 하면 늘 가볍게 거절하는 경향이 있었다.

　영과 솜의 가장 큰 차이라면 영이 정말 나를 수용하는지 아닌지를 느낄 수 없다는 것이다. 솜은 고도의 수용성을 발휘해 나와의 관계에서 장기적이고 친밀한 소통 관계를 형성했으며, 나의 사랑하는 능력은 절대 개방성*la disponibilité absolue*에 가까운 지경에 이르렀다. 애초에 이런 수용성이 부족했다면 내 사랑도 생명력이 없었을 것이며 백 년 거목의 송진 안에 봉해진 한 가닥 털 같을 것이다. 영은 나의 유동적인 사랑을 송진 안에 가뒀다. 반대로 '수용성'은 솜의 성격 중에 가장 두드러진 부분으로, 솜이 나를 속이고 배반하고 무시하고 도망가던 상황의 절정에서조차 나는 나에 대한 솜의 '수용성'을 감지할 수 있었다. 이것은 솜의 영혼에 대한 나의 육감에서 오는 것이다. 만약에 솜이 죽더라도 나는 여전히 나에 대한 솜의 수용성을 느낄 것이다. 이것이 바로 우리 사이에 존재하는 오묘함이다.

(하지만 '수용성'의 다른 한 면은 '수동성'이다. 한 사람의 '수동성'이 정점에 이르면 나약함의 극치를 보인다. 솜은 이 함정에 빠져 내게 지독한 상처를 줬다. 꼬박 일 년 동안 나는 솜의 나약함으로 인해 상처받았다. 나 역시 사랑에 대한 신념과 고집 때문에 솜의 인간적인 나약함이 내 삶을 무너뜨리게 놔두었다. 하지만 솜은 여전히 다른 사람에게 의지하면 자기 삶의 나약함으로부터 도피할 수 있다고 생각하며 스스로가 타인을 상처 입힌 책임으로부터도 도망칠 수 있다고 여긴다. 솜은 이런 나약함으로 요행을 바라서는 안 되고, 도피할 수도 없음을 모른다. 결국 더 많은 오류와 상처와 죄악을 낳을 뿐이

다.)

솜은 지난 일 년 내내 어쩌면 자신의 잠재의식 바깥
에서 내게 잘하려고 애썼을지 모른다. (그녀의 '잠재의
식'은 비정함과 폭력으로 가득했으니!) 하지만 나는 아
예 사랑을 받지 못했다. 도쿄에 간 뒤로 비로소 골수에
사무치도록 아프게 이 한 가지 진실을 깨달았다. 매우
이상하게도 만일 이 특별한 시기에 때맞춰 자신을 열어
준 영과 닿지 못했다면 나는 아마 영이 주려는 한 사랑
이 내가 갈망하고 있던 '사랑받는 것'과 '지지받는 것'의
본질임을 알 기회조차 없었을 것이다. 과거에 나는 한
번도 이런 사랑을 상상해 본 적이 없고, 이런 사랑을 요
구할 줄도 몰랐다. 나 자신이 다른 사람에게 주는 것 외
에, 내게 주는 사랑을 할 수 있는 상대가 예전에는 아무
도 없었다. 더 양질의 사랑으로 다른 사람을 사랑하는
것 외에, 사랑하는 관계에 있어서, 결코, 특별한, 뭐가,
없었다.

만약에 이 몸이 없다면 나는 솜이 누구인지, 솜이 어
떻게 나를 사랑했는지, 솜에게 있어 내가 어떤 의미인지
알 수 없었을 것이다. 또 가장 핵심적이며 중요한 것을
알지 못했을 것이다. 솜이 얼마나 흠 없고 얼마나 연약
하고 얼마나 아름다운지…….
내 몸의 가장 깊은 층에 너무 아름답고 절대적이며

독특한 에로스의 물결이 흘러넘쳤다. 지난 삼 년 동안 나를 겨눈 에로스가 솜의 몸과 영혼에도 자리잡았다. 솜은 강직한 이 에로스를 죽음에 직면해 마지막 저항을 하는 내게 주었고, 나를 죽음의 언저리로부터 돌아오게 했으며, 내 삶의 욕망에 다시 새로이 불을 붙였다.

나는 솜이 내게 주었던 고통을 완전히 이해할 수 있다. 또 오 년 내내, 어쩌면 평생토록 피할 수 없을 '단멸'을 이해할 것이다. 오직 더 사랑하고 더 아끼고 더 조건 없이 솜의 모든 것을 받아들일 것이다. 드디어 내가 솜의 아름다움을 '알았기' 때문이다. 솜의 몸속에 봉인된 욕망은 그렇게 아름다웠다. 더 중요한 일은 내가 솜의 생명에 확실한 가치를 부여하는 것이다. 주어진 하나의 이름, 생식으로 낳는 아기, 봉인된 욕망의 샘. 이 모두는 솜만이 가진 능력이다. 그렇기 때문에 솜의 인생이 어떤 모습으로 전개되든 솜이 내게 어떤 욕망을 표현하든 상관없이 솜은 살아 있는 한 나를 사랑하는 것이다⋯⋯.

나는 항상 내 안에서만 그런 표현 능력을 찾았고 내가 고수해 온 욕망의 정확한 모습을 볼 수만 있었지, 한 번도 나와 같은 능력을 가진 사람을 만나지 못했다. 어쩌면 내 과거의 연인들은 이런 것을 알아차리거나 스스로 인식한 것을 전달하는 능력이 없었을지도 모른다. (자신의 욕망을 알고 난 뒤에야 상대에게 알릴 수 있다.) 영은 드디어 내게 이런 '깨달음'을 주었다. 이것은 내게 있어 구원이 아닐 수 없다. 내 에로스를 깨닫는 행복은 타인에게 받는 어떤 행복보다 크다.

도쿄의 추억을 떠올리면 벚꽃, 해 질 무렵의 노을, 이른 아침 영의 집 창문을 통해 들어오는 새벽빛, 까마귀 울음소리, 비 오는 밤의 어두운 골목 풍경, 영의 진심 어린 얼굴 등이 생각났다.

다섯 번째 편지

5월 19일

○

솜,

이번 편지는 어쩌면 책에 속하지 않을 수도 있어. 왜냐하면 열 번째 편지까지 썼을 때 이 책은 이미 스스로 생명력이 생겼을 것이고 작품 자체의 풍격과 주제, 미적 스타일을 갖췄을 것이기 때문이야. 완전한 책의 소재와 내용의 얼개는 이미 내 머릿속에 있고 현재 절반을 썼으니 글의 풍격도 자연스레 결정되겠지. 하지만 오히려 나는 책 속에서 정직하게 너와 말할 수 없게 되었다. 책 내용이 이제 내가 직접 네게 전하려던 것보다 더 깊고 더 빽빽하고 더 아름답다. 아마도 책을 다 쓰고 난 뒤에야 너는 비로소 이 작품의 아름다움과 가치를 알게 될 것이다. 이 책은 위대한 작품은 아니지만 한 젊은이의 삶 속에서 '아주 작은 부분'을 깊고 밀도 높게 파헤친 매우 순수한 작품이다.

그럼에도 나는 꼭 너와 이야기를 해야 한다. 이 책을 쓰는 것 말고도 나는 여전히 너와 이야기를 해야 해. 나는 네게 할 말이 너무 많아서 네게 말을 하지 못하면 온몸이 뒤틀리고 말 거야. 약속해. 우리 평생 얘기하자. 평생 내가 네게 얘기하는 걸 거절하지 말아 줘. 네가 살아 있는 한 내가 너와 얘기해야 한다는 사실을 받아 줘. 나는 네가 살아 있는 동안 네 삶의 전부를 아끼고 싶어.

넌 나를 오해하지. 넌 내가 네게 평온하고 조용한 사랑을 줄 수 없는 성격이라고, 내 본성이 광적이고 뜨거워서 안정된 사랑과 반드시 충돌한다고 여겨. 하지만 우리가 서로를 사랑하는 한 이 두 가지 측면은 서로 조화롭게 잘 섞일 수 있어. 숌, 넌 내 삶을 오해하고 수많은 관계로 이뤄진 우리의 삶도 오해하지. 넌 나를 너무 과소평가하고 우리 관계에 숨겨진 생명력도 너무 과소평가한다. 그래서 넌 나를 포기하고 우리 관계도 포기하고 너무 많은 것들을 포기하면서 내 생명조차 버려지게 방치하는 것이다. 하지만 이렇게 철저하게 포기하고 나면, 어쩜 넌 그 결과 너에게 있어 내 의미를 진정으로 알게 될지 모른다. 천천히 더 확실하게 알게 될 것이다. 넌 나를 포기할 수 있고 내 삶도 포기할 수 있겠지만 너에게 있어 내 의미와 우리 관계까지 버릴 수는 없다. 설령 내가 죽더라도 넌 여전히 이 관계 속에 있게 되며 네 몸은 어디로든 갈 수 있지만 네 정신은 아무 데도 갈 수 없다. 예전에는 이런 이치에 대해 나도 결코 알지 못했고 알 수도 없었다. 이처럼 엄중한 절멸을 겪으면서 완전히 알게 됐지. 너에 대해, 나에 대해, 모두 알게 된 거야. 심지어 우리 관계의 모든 것을 볼 수 있다면 믿을 수 있겠어? 나는 이 모든 것을 깨달았기 때문에(믿을 뿐만 아니라) 스스로 다시 일어나 네게 말할 수 있게 됐어. 넌 죽지 말고 영원해. 내가 '깨달았다'고 하는 건 결코 내 오만에서 비롯된 말이 아니야. 나는 침묵 속에서 더 낮아졌고 더 겸손해졌으며 네게 더 헌신하게 됐어.

네가 나를 버려야만 하는 갖가지 이유들과 우리 관계에 대한 네 결론은 단편적이다. 너는 나무를 보았다고 하지만 실은 그저 줄기에서 꺾인 작은 나뭇가지를 본 것에 불과하다. 너는 여전히 네가 나를 사랑한다는 것이 도대체 무엇인지 모른다. 사실 너는 나를 깊이 사랑한다. 다만 삼 년 동안 '깨달음'에 이르지 않았다. 언젠가는 너도 알게 될 것이다. 네가 자신의 죽음을 맞거나 혹은 내 죽음을 마주할 때 너도 '깨달을' 것이다. 내가 말하는 '깨달음'이란 너에 대한 내 모든 사랑과 삶을 받아들인다는 것으로 다시는 이 책임을 무겁게 느끼지 않는다는 뜻이다. 모든 과정은 꼭 필요한 것으로, 어떤 대목이든 어떤 단락이든 낭비나 불필요한 것이 없다. 일체의 과정이 우리 사이에서는 모두 아름답다. 오쇼^{Osho}•가 말했고, 지금 나도 그렇게 생각한다.

아니면 너는 나를 철저하게 등지기로, 내가 네게 준 모든 사랑을 돌려보내기로 결정했을지 모른다. 아마도 너는 내가 다시 네게 말하는 것을 거절하고 내가 다시 너를 사랑하는 것을 허락하지 않을 것이다. 그렇다면 우리는 결국 현실 속에서 '분리'될 수밖에 없다. 우리는 완전히 함께이거나 완전히 '갈라서는' 수밖에 없다. 그렇지 않으면 너는 나를 계속 아프게 할 것이고 상처받으면 나는 너를 다시 아프게 할 것이다. 이것이 우리 사이의 기본적인 애정 패턴이다. 처음부터 말했잖아. 거문고를 잘못 연주하지 말라고. 아니면 거문고는 넘어져 부서지거나 갈라질 것이라고. 네가 온 마음을 다해 나를 사랑하든지 아니면 완전히 나와 상관없는 다른 사람을 사랑하든지 아무도 사랑하지 않든지 해야 해. 너는 모두 다 요구할 수 없으며 애매하게 양다리를 걸칠 수 없어. 이건 내가 정한 규칙이 아니고, 더군다나 내가 네게 명령한 것도 아니다. 나는 나 자신의 본성을 이해하며, 내 본성은 내내 같았다. 더 이상 분명할 수 없는 사실이야. 그런데 너는 고집스럽게 나를 잘못 연주했다. 하지만 결코 너를 사랑하는 내 소리를 저지할 수 없었지. 다만 소리가 처량하고 날카로운 파열음으로 변했을 뿐. 네가 나를 잘못 연주하는 것에 대해 나 역시 맞설 방법이 전혀 없었고, 그저 넘어져 부서지고 갈라진 모습만 네게 보여주었다.

● 오쇼 라즈니쉬 Osho Rajneesh (1931~1990) 인도 철학자. 영적 지도자.

난 계속 네 괴롭힘을 참아 왔다. 지금 이 순간에도 여전히 참아. 갈기갈기 찢어질 때까지 분신쇄골하는 정성으로 나 자신을 다시 잘 만든 뒤, 다시 이 자리로 돌아와 모든 것을 참아 보겠어. 네가 온 마음을 다하지 못하는 것은 우리의 모든 관계에 있어 사실 대단한 것이 아니며 내가 산산조각 나는 것도 사실 별일이 아니야. 만약 내 말들이 네가 나를 사랑한다는 진실을 이해하는 데에 도움이 된다면, 네가 진정으로 온 마음을 다하는 방향으로 나아가는(돌아오는 것 말고) 데에 도움이 된다면 그 또한 좋은 일이다. 앞으로 만일 네가 여전히 내가 원하지 않는 잘못된 방식으로 나를 대한다면 나는 할 수 없이 상처받은 몸으로 살 수밖에 없을 거야. 나는 계속 참고 또 참으며 마지막 숨을 내쉴 때까지 견디겠지.

나는 네가 올바른 방식으로 나를 대하게 할 수 없어. 하지만 우리 사랑의 의미와 도리에 대해 네게 말할 수는 있다. 너는 나를 완전히 사랑하든가 나를 마주하고 용감하게 말했어야 한다. 나와 영원히 헤어질 것이며 내 사랑을 더 이상 받아들이지 않겠다고. 내가 네게 다시 사랑을 주는 것을 금지하고 내 사랑을 반환하겠다고 용감하고 분명하게 말해야 하며, 그런 다음 우리는 현실 속에서 철저하고 완벽하게 이별해야 한다. 이 두 가지만이 나를 대하는 올바른 방식이다. 다른 답들은 모두 내게 상처를 주는 것이다. 모두 너를 좋아할 수 없게, 존경할 수 없게 한다. 너는 알아야 한다. 오직 네가 네 안에 있는 '진실'에 도달할 수 있어야만 우리가 오랫동안 서로 의지하며 지내든 영원히 이별하든 네가 진정 내게 상처 주지 않을 것이며 비록 평생 서로 떨어져 지낸다 해도 우리 사랑은 더 깊어질 것이다. 한층 높은 수준의 '사랑'에 대한 문제는 다시 거론할 필요도 없다. 그렇다. 너도 전에 말했듯이 미래에 다시 어떤 일이 생길지라도 우리는 분명히 서로를 사랑한 것이다. 다만 나는 내가 여전히 네게 속해 있음을 알고 있지만, 너는 아직 자신이 내게 속해 있음을 모른다는 것이다. 바로 우리 둘의 차이가 여기에 있다. 하지만 우리들이 태어나기 전부터 죽은 후까지 끝이 없는 무한의 공간 어디쯤 만나는 곳에서 우리는 서로에게 속하는 것이다. 우리는 이 세상에서 반드시 조금씩 이런 사실을 '알아야' 한다. 우리는 우리가 할 수 있는 어떤 방식으로든 얼마나 오래 걸리든 어떤 길을 거치든 관계없이 이런 사실을 깨달아야만 한다.

솜, 내가 가장 사랑하는 솜, 어떻게 해야 우리 '사랑의 나무'가 어떤 모습인지 네게 알려 줄 수 있을까? 솜, 제발 내 말을 들어 줘. 너는 내 생명이며 내 전부이며 나는 과거, 현재, 미래까지 영원히 네게 속해 있어. '속한다'는 말은 이미 오래전부터 있었지만 과거의 나는 이 말을 몰랐고 그 대상이 너를 의미한다는 것도 몰랐다. 정말로 과거에 내가 알고 있던 것과는 거리가 멀다. '속한다'는 것은 결코 어떤 이유나 네 겉모습과 아무런 관계 없고, 나에 대한 네 사랑의 많고 적음과도 더더욱 상관 없다. 그것은 내게 무엇과도 비교되지 않는다. '속한다'는 것은 아무도 선택할 수 없는 것이다. '너를 사랑한다'는 것은 나를 압도하는 운명이다. 비록 너는 나와 같은 속도로 성장할 수 없고 나를 상처받게 하지만 솜, 내가 네게 속한다는 것을 모두가 안다. 여기 내 인생이 있다. 나는 내 운명을 받아들일 준비가 되었다.

비록 하늘에서 내게 성장 속도가 너무 다른 사람을 파견해 '속하게' 한 것을 때때로 탄식했고, 현실에서 네가 나를 대하는 태도에 깊게 한탄했지만. 특히 요즘 나는 내가 사랑받지 못하며 불행하다고 느꼈다. 네가 여러 차례 나를 적처럼 대해서 네가 무정하고 의리 없다고 느꼈는데, 이 모든 것에 저마다 사연이 있고 진실한 정서였다. 나는 지금의 너를 좋아한다고 말하기 어려워. 지난 일 년 동안 너는 내 사랑을 받을 자격이 있었니? 올해의 너가 네 전부는 아니야. 나는 네 삶을 이해하고 네 성장 역사 중 네 위치를 이해하고, 곧 그 위치에서 비롯한 후함과 결핍을 이해하기 때문이다. 또 나는 내 광기로 말미암아 네가 변한 것도 이해한다. 이런 것들로 인해 우리가 원망하고 증오하거나 화해할 수 없다고 생각지 않아. 너의 삶 속에서 나를 완전히 지우지 않을 거라 생각해. 넌 계속 그러지 않을 거야. 반대로 성장할수록 점점 더 좋아지겠지. 심지어 네가 예전의 너, 나를 완벽하게 사랑했던 너보다 훌륭한 네가 되리라고 나는 믿는다. 더 중요한 것은 내가 네게 버려져서 죽음에 다다랐을 때, 때마침 너에 대한 내 사랑이 무슨 병이 아니라는 것을 알게 된 것이다. 네게 의지하기 위해서도 네가 필요해서도 아니고 네가 내게 줄 수 있는 무엇이 있어서도 아니며 내게 특별히 위대한 점이 있어서도 아닌 이 모든 것을 초월한 운명 때문임을 알게 된 것이지. 이 운명을 언제쯤 네가 겪게 될지 알 수 없지만 언젠가는 꼭 그런 날이 올 것이다. 난 네 운명의 일부야. 우리의 사랑이 가치가 있고 없고는 이미 중요하지 않아. 그러니 만일 너보다 더 친절하고 아름다운 사람이 있더라도, 무엇이 변하지는 않는다. 설령 네가 다시 와서 나를 더 아프게 한다해도, 내게 있어 네 의미는 언제나 똑같다. 나는 네게 속한다.

나는 요즘 원한 때문에 몹시 추하게 변했다. 또 네가 나를 사랑하지 않고 계속 상처를 주기 때문에 너를 적처럼 대한다. 나는 우선 마음속 원한을 풀어야만 한다고 스스로에게 말한다. 혹은 마음으로 너를 끌어들여 네가 원한을 녹이게 하거나 내가 다시 친절하고 아름답게 너를 대할 수 있도록 시험해 보기도 한다. 이게 아니면 너를 원래대로 바꿔서 아름답고 선한 모습으로 돌아오게 할 방법이 없구나. 내가 네 얼굴 위의 흙탕물을 닦아야만 너는 내게 비로소 네 본래의 얼굴 모습을 보여 줄 것이다.

네가 갈수록 나를 끔찍하게 대하면서 나도 너라는 사람을 좋아할 수 없게 되었다. 네가 더 지독하게 나를 아프게 할 때 내가 모든 의지를 잃거나 이별의 길을 택할 자유를 잃었던 건 아니다. 오히려 나는 갈수록 나에게 있어 네 의미를 잘 알게 되었고 갈수록 의지가 생겼으며 갈수록 네가 주는 상처로부터 멀어질 자유를 얻었고 네 옳지 못한 행동을 멀리할 수 있었다. 왜냐하면 사랑은 단지 혼자 필요해서 하는 것이 아니고 더 중요한 것은 다가가 널 사랑하는 것이며 네가 내 본성을 이해할 수 있게 만드는 것이기 때문이다.

멀리 떨어져 있어도 나는 여전히 네게 속한다. 내 사랑의 자리는 내내 변하지 않을 것이다. 아무도 그 자리에 들어올 수 없고 그 무엇도 대신할 수 없다. 먼 거리는 널 포기할 이유가 못 된다. 다만 네가 나를 잘못 대하는 것은 받아들이지 않겠다. 전혀 아름답지 않고 내 본성과도 맞지 않는 관계에 머물길 원치 않는 마음이며, 네게 진정으로 자신의 잘못을 알게 하려는 것이다. 나는 네 불성실과 나쁜 행동을 방치하지 않을 거야. 네가 형편없이 굴면 내가 방법을 찾아볼게. 하지만 난 여전히 네가 나를 떠나지 않길 바라고 내가 계속 너를 사랑하길 바라며 네가 계속 내 사랑 안에 있길 바란다. 우리가 영원히 합당하게 서로를 사랑하며 함께 성장하길, 더 이상 나 스스로 참지 못해서 너와 이별하지 않기를 바라. 나는 이미 너를 잃었다. 난 더 이상 잃을 게 없어. 비록 네가 누군가와 결혼하고 아이를 낳고 혹은 죽는다고 해도 나는 진정으로 다시는 더 이상 너를 잃지 않을 거야. 이해할 수 있겠니?

인생의 근심은 말로 다할 수 없이 많은 것. 오직 예술 창작을 통해서만 비교적 좋게 표현할 수 있다. 나는 너를 위해 근심하고 내가 사랑했던 사람들을 위해 근심하며 나 자신을 위해 더욱더 근심한다. 하지만 이런 근심을 지금의 너와 나눌 수 없구나. 그런 까닭에 나는 과거에 너와 공유하고 함께 나눴던 인생의 모든 근심들을 더욱더 근심한다. 그래. 지난날 좋았든 나빴든 우리는 인생의 번뇌, 좌절, 고통, 아름다움, 새로운 경험, 새로운 발견과 서로에 대한 우리의 생각, 우리의 갈망, 사랑, 애석함, 좋아하는 것들을 언제나 함께 나눴다. 그래, 숨. 가장 깊고 아름다운 내 사랑. 지난날 비록 네가 내 감정을 완전히 이해할 수 없었다 해도, 나 역시 나에 대한 네 이해에 좌절하고 네 삶의 경험을 무심코 부정했을지라도 지난 이 년 팔 개월간 우리는 분명 함께 공동의 삶을 이루었고 인생의 기쁨과 고통을 함께 나눌 수 있는 한 사람이 되기 위해 연결되었다. 이 복합체는 내가 죽더라도 버릴 수 없는 것, 바로 우리의 사랑이다. 나는 네가 이 복합체를 포기한 것에 근심하고 지금의 네가 다시 나와 함께 인생의 기쁨과 짐을 나누고 싶어 하지 않음에 근심한다. 나는 근심한다. 끝없이 근심한다.

　추신. 분실된 줄 알았던 다섯 번째 편지의 봉투를 찾았다. 열 번째 편지를 이 다섯 번째 편지에 챙겨 넣었다.

Letter Eleven

열한 번째 편지

5월 20일

◯

솜,

내 영혼은 외롭고 쓸쓸하다. 이런 쓸쓸함을 네게 표현하고 싶지 않을 만큼 쓸쓸하다. 자기 영혼을 버린, 내 생명을 내던진, 내 생명이 죽음의 문턱에 이르러도 아무렇지 않은, 내가 받은 괴로움과 재난에 대해 목석처럼 무감각한, 또 잔인하게 나를 타국에서 혼자 살라고 저주한 사람에게 내 가장 깊은 외로움을 말할 수 없기 때문이다. 지금은 이미 너를 원망하는 마음이 줄었다. 나는 다만 한없이 쓸쓸할 뿐이다.

나는 내 마음 속에 네가 몰아넣은, 양극단으로 첨예한 애증의 이중성을 해소하려는 중이다. 나는 홀로 묵묵히 고군분투할 뿐이다. 나를 괴롭히고 속이는 네 행동들은 줄었지만 나는 너를 이해하고 신뢰할 길이 없다. 너는 점점 더 수동적으로 굴며 침묵 속에 자신을 숨긴다.

단 한 마디의 노력, 내 고통을 덜기 위한 어떤 도움도 네게는 모두 곤란한 일이 되었다. 내가 죽는 것이 네게는 가장 '빠르고 평화로운' 해결책인 모양이다. 네가 어찌 그토록 차갑고 잔인하게 변할 수 있는지 나는 영원히 알 수 없을 것이다. 너는 아직도 네 차가움과 잔인함이 자연스럽다고 생각하며 내가 네 생활을 방해하거나 '널 괴롭히기'라도 할까 봐 내가 내 나라로 돌아가는 것조차 허락하지 않을 듯 군다. 이렇게 솔직하게 말하는 나를 용서해라.

나는 종종 생각한다. 내게 아직 '비극'을 다시 불러 일으킬 용기가 있나? 경진이 말하길 인생은 단절Rupture 로 가득 차 있다고 했지만, 그렇다고는 해도 꼭 그래야만 하는 걸까? 내가 사랑했던 모든 사람들이 나를 거칠고 둔하게 대했다. 어렸을 때 나도 거칠고 둔하게 사람들을 대했다. 하지만 알 수 없다. 왜 사람은 자기가 사랑하는 사람에게 그토록 거칠고 둔할까? 인간은 좀 더 많은 자기반성을 통해 충분히 자기 삶을 이해함으로써 사랑하는 사람에게 상처 주는 것을 멈출 수 있을까? 그럴 수 있을 것이다. 거칠고 둔한 것은 상호 간이므로 인간의 '비극'은 끊임없이 발생하고 인생은 단절로 가득 채워진다. 하지만 내 인생이 그래서는 안 된다고 생각한다. 내 인생에 응당 쉼표를 그려 주어야 한다. 더 이상의 비극이나 단절이 일어나지 않게 지난날에 있었던 일들을 해소하고 내 삶의 괴로움과 쓸쓸함을 줄이며 나 자신의 짐baggage을 덜어 내야만 한다.

솜, 내가 너무 사랑하는 솜, 이쯤에서 나는 이미 내 삶과 가까운 사람들을 어떻게 대해야 할지 깨닫는다. 과거와 현재에 관계하는 모든 사람들을 어떻게 대해야 할지 알겠다. 이 깨달음의 과정은 길고 길었으며, 장장 내 십 년을 닫고 다시 여는 과정이었다. 내가 미래에 만나게 될 사람도 명확히 이 구조 안에 둘 수 있다. 삼 년 만에 나는 마침내 깨끗이 결산했다. 내 잘못과 내 성격 결함, 내가 너를 어떻게 대했어야 하는지에 대해서 이해했다. 나는 이번 결산 흔적이 앞으로 우리 사이의 사건 경위에 먼저 쓰이기를 바란다. 갑자기 단번에 이렇게 많은 것을 이해하게 되다니, 내가 요절한다는 뜻일까?

우리가 예전의 '친밀감'을 회복하길 원한다. 나는 우리가 어떻게 '친밀감'을 잃었는지 계속해서 스스로에게 물었다.

내가 기숙사Foyer로 거주지를 옮긴 뒤로 우리가 전처럼 철저하고 깊은 이해를 공유하지 못하게 되면서 문제가 시작되었다. 나는 파리 생활에서 견디기 힘든 좌절과 실패를 겪었다. 나 자신의 삶과 우리 관계에 대한 믿음을 잃었다. (내가 기숙사에서 네게 썼던 이별 편지를 다시 보니 불쌍하고 또 불쌍한 사랑이다.) 나는 당장 너와 함께 살고 싶었으나 너를 떠나 이런 열망을 끝내게 하는 양극단 사이에서 흔들렸다. 너는 좌절했고 이런 나를 어떻게 대해야 할지 몰랐으며, 나는 내 입장을 모르는 네게 상심했다. 네가 머뭇거리며 결정을 피했기 때문에 더 혼란스러웠다. 그때 내가 너무 취약해서 계속 갈망하며 외롭게 기다리는 생활을 더 이상 지속할 수 없다고 느낀 것이다. 4월에 널 찾아가 만나고 되돌아온 기억이 난다. 나는 네게 극도로 실망했다. 네가 나를 사랑하지 않는다고 느꼈다. 너는 네 직업, 네 가족, 그리고 세상 모든 것을 나보다 우선시했다. 심지어 너는 휴가 기간에도 나를 보러 파리에 오기를 원치 않았으며, 날 보러 파리에 오겠다고 말만 했다. (인정해, 이건 너의 정말 오랜 습관이지.) 이런 네 감정 뒤에 숨은 생각은 지금까지 놀랍게도 내 예상이 모두 맞았다. 그때 너는 적어도 날 보러 오겠다며 말이라도 했지만, 지금은 심지어 내가 사라져서 널 귀찮게 하지 않기를 간절히 바란다. 그 당시 파리에서의 내 자원에는 한계가 있었다. 지금처럼 친구도 많지 않고 고독한 생활과 좌절을 덜 수 있을 만큼 프랑스어도 유창하지 않았다. 나 홀로 외롭게 널 기다리고 그리워하는 생활에 대해 말하자면 정말 탄알과 양식이 바닥난 듯 절박한 상황이었으며 이 모두를 견딜 수 없으니 단절해 버리는 결정밖에 할 수 없었다. 실제로는 너를 향한 절박한 그리움에서 달아나고 싶었을 뿐이다.

하지만 달아날 수 없었다. 나는 한 마리 오랑우탄처럼 족쇄를 찼으며 죽을힘을 다해 벗어나려고 했지만 소용없었다. 머리가 깨졌는데 피는 흘러나오지 않았다. 쇠처럼 녹아내린 통증의 진액이 용암처럼 분출되어 우리 사이의 모든 '친밀감'을 남김없이 불살라 녹였다. 네가 자신이 원하는 것을 명확하게 결정할 겨를도 없이, 네가 나를 어떻게 대할지 방법을 찾기도 전에, 내 빌어먹을 '분노'가 이미 네가 가진 나에 대한 '믿음'을 모두 훼손시켜 버렸다. 그 후 지금까지 나에 대한 너의 '냉담'은 갈수록 길고 지루하게 요지부동이다. 틀림없이 너도 내게 원한이 있겠지. 다만 네가 상처와 한을 표현하는 방식이 바로 '냉담'일 뿐인 것. 여기까지가 문제의 중점이다. 네 에로스가 심각한 분열과 충돌을 일으키기 시작한 시점이다. 너는 여전히 생활 속에서 나를 보살피면서 내게 '사랑'의 일부를 주었지만 증오 역시 무관심, 거절, 봉쇄로 동시에 나타났다. 그로 인해 내 '에로스'도 따라서 갈피를 잡지 못하고 엉켜 버렸으며 내 고통 또한 극에 달했다. 네 애정을 받지 못한 나는 정말 미쳤다. 나는 광기의 정점에 이르도록 미쳐 버렸다. (하하) 나는 왜 웃지? 왜냐하면 나는 진실로 너에 대해 일종의 '파탈fatal', 죽음에 이르는 치명적인 열정이 있기 때문이다. 그렇기에 궁극적으로는 죽음밖에 선택의 여지가 없다. 그것만이 너에 대한 무조건적인 충성을 나타내며 네게 영원히 속하는 길이다. ('욕망/에로스'의 궁극적인 규칙은 다음과 같다. '성적 욕구(에로틱한 욕망)'―'사랑 욕구(로맨틱한 욕망)'―'죽음 욕구'는 같다.) 나는 열정적인 사람으로, 치명적인 너를 만났으니 죽음의 길을 벗어나기 힘든 것이다. 기억이 되살아나니 여전히 너무 고통스럽다. '네 사랑을 받지 못했다.'는 네 말이 가슴을 무너지게 한다, 정말 마음이 무너진다(상처받았다는 것이 아니다)…… . 나는 네 보살핌을 받으면서도 오히려 네 핵심 안에서 사랑받지 못함을 끝없이 혼란스러워했다. 나는 네게 더 강렬하게 애정을 쏟으면서도 다른 한편으로는 계속 네게 질문하고, 너를 비난하고, 너를 압박하며 나 자신의 병폐도 심해졌다…… . 이로써 네가 깊이 감춘 적의를 겉으로 표출하면서 너는 잔인하고 이기적이고 불성실한 면을 드러냈고 끊임없이 헤어지자고, 사랑하지 않는다고 말했다. 나도 공격과 파괴의 저격수로 변했다. 서로 간에 이미 적대 관계가 수립된 것이다. 우리 인격 중에서 가장 지향했던 소박함조차 절제 없이 극단으로 밀려갔고, 슬프게도 우리는 피차간 이를 멈추지 못했다. 하지만 우리는 계속해서 상대를 친절하게 대하는(혹은 사랑하는) 것도 멈추지 못했다…… .

많은 일을 겪으면서 뼈가 사무치게 고통을 받았지만 꼭 말할 것이 있다. 내게 가장 아픈 두 가지 일로 그 의미를 짚고 넘어가야 한다. 차마 입에 담기 힘들 정도로 고통스러운 일이기도 하다. 첫 번째, 내가 너를 처음으로 때렸을 때 나는 완전히 너를 잃었다는 것을 알았다. 나는 속으로 지독히도 많이 울면서, 이미 너의 마음을 되돌릴 수 없는 지경에 이르렀다고 느꼈다. 공포와 악몽에 시달리는 날들이었다. 너를 잃는 공포, 네게 버려지는 공포, 네가 다른 사람을 만나는 악몽이었다. 너를 때리고 싶은 충동을 억제하기 어려워서 나는 더 잔혹한 방법으로 나 자신을 죽여 갔다……. 나는 아직도 소리치며 울다가 꿈에서 깬다. 두 번째, 파리에서 너는 '성생활'을 완전히 거부했다. 너는 내게 성욕이 조금도 없어 보였고 사랑을 나누고 싶은 마음도 전혀 없어 보였다. 한 달이 지나면서 나는 비로소 이 문제를 직면할 수 있었다. 이렇게 된 걸 믿을 수가 없어서 걸핏하면 알 수 없는 울음이 터져 나온다. 우리 관계를 이렇게까지 망가뜨리다니 믿을 수 없다. 입에 담고 싶지 않은 고통이다. 클리시 근처의 기억이 떠오르면 감전된 것처럼 충격에 휩싸인다. 아프고 또 너무 아프다.

　나는 너를 그만 잊고 다른 사람이 되어 살아가자고 결심했다. 내게 원래 있던 특성을 버리고 완전히 다른 인격이 되어서 말이다. 그 일은 갑자기 쉽게 느껴졌다. 상상할 수 있는 일이 되었다. 지난날 내 안의 떨치기도 가리기도 어려웠던 습성들마저 가볍게 버릴 수 있을 것만 같았다.

　도쿄에서 돌아온 뒤로 나는 내 성 정체성의 본질이 변하는 것을 느꼈다. 이 변화는 내게 있어 너무 신기하고 비밀스러운 일이었다. 마치 지각 변동처럼 놀라워서 나는 어찌할 바를 몰랐고, 이런 일을 촉발한 원인은 더

더욱 몰랐다. 나는 내가 '여성으로 변하는 것(어쨌든 여성이라는 생물학적 정의대로)'을 느꼈다. 또는 '여성이 되는 것'을 느낄 수 있었다. 생리 주기가 규칙적으로 변했다. 어느 날 새벽에 너를 꿈에서 보고 놀라서 깨자마자 생리가 터진 것을 알았다. 과연 정확했다. 나는 모종의 신비로운 연관성을 느꼈다. 또 나는 꿈속에서 머리카락을 길게 늘어뜨리거나 '여성스러운' 꾸밈을 즐기기도 했고 실제로 얼굴도 더 아름다워졌다(소위 '여성스러운' 쪽의 아름다움). 하루는 경진이 내 얼굴을 유심히 보더니 내가 무척 아름다우며 여성이든 남성이든 양성 모두 빠져들 매력이 있다고 알려 주었다. 꿈을 통해 나는 내 얼굴과 동작, 행동이 여성스러울 수 있다는 감각을 알게 됐다. 내 성적 욕구도 받아들이는 쪽의 속성을 갖기 시작했지만 여전히 환상 속에서 너를 그렸다. 예전에 내가 너를 사랑하고 사랑을 주는 식이었다면, 이제는 네가 나를 사랑하는 것, 사랑받는 것을 욕망했다……. 나는 또 이미 나 자신이 남자와 성적인 관계를 맺을 수도 있다고 느꼈다(그저 섹스일 뿐이라면). 더 나아가 따뜻하고 진실한 남자(박사 과정의 에릭Eric처럼 순수한 남자)라면 완벽한 성관계도 가능할 거라는 생각을 품었다. 한동안 여러 가능성들이 참을 수 없을 지경으로 많이 떠올랐다. 나는 끔찍하게 무서웠다. 나는 정말 에릭처럼 지적이고 순수한 남자가 나타난다면 그에게 매력을 느낄 것이며, 정말 '여자가 될 것'이란 생각에 스스로에게 놀랐다.

이것은 가능한 일이었다. 나는 다른 사람으로 변해 완전히 다른 역할을 해낼 수 있다. 나는 죽을 만큼 무서웠다. 왜냐하면 그것은 완벽하게 나를 너에 대한 에로스, 성적이고 로맨틱한 욕구로부터 도망칠 수 있게 하는 가장 완벽한 방법이기 때문이다. 나는 그런 유혹이 두려웠다. 나를 놀라게 한 것은 성욕이나 너를 배반하는 유혹이 아니라 너와 이별하는 유혹이다. 아무런 소리나 기미도 없이 네 삶 속에서 영원히 사라지는 유혹이며, 나 자신을 영원히 취소하는 유혹, 네가 나를 영원히 찾을 수 없게 하는 유혹인 것이다. (나는 아무래도 언제나까지 너를 사랑하고 네게 사랑받는 '절대적인' 방식을 찾는 모양이야.)

에로틱한 욕망과 관계있는 모종의 절망과 좌절로부터 도피하려는 이 질문은 네게 무척 끔찍한 질문이라고 생각한다. 이것이 내 죽음의 핵심이다. 조만간 나는 죽거나 또다시 죽을 것이다. 나는 결코 끝낼 수 없는 절망과 좌절이 두렵다. 이로써 내가 죽고 다시 죽을 것이라는 사실이 너무도 두렵다. 이것이 내가 말하기 힘든 막연하고 애매한 고통이다. 영이 도쿄에서 했던 말이 맞았다. 영은 우리 관계가 나를 죽일 수도 있다고 금세 알아차렸다. 타이베이에서 내가 네 사진을 보여줬을 때 내게 있어 네가 어떤 의미인지 알아차린 것 같다. 영은 어쩌면 나보다 더 빨리 알았을지도 모른다. 도쿄에서 영이 말하길, 너는 아직 널 향한 내 격정이 뭔지 몰라서 경솔한 가운데 날 죽게 할 수 있다고 했다. 아마도 내가 너를 포기하고 편안하게 살길 바랐던 것이다.

성적 욕구는 사랑에 있어 복잡하면서도 관건인 부분이다. 나는 영과 수요와 과거 관계들에서 그들이 나를 성적으로 원하지 않는다는 느낌을 받았고, 그것이 가장 큰 문제가 되었다. 결국 성적 욕구가 전반적인 에로스를 불러일으키며 모두를 결정한다고 믿었다. 과거에 수요가 명확하게 나를 거절했기 때문에 나는 상처받고 헤어졌다. 영은 나를 받아들였지만 꼭 남성의 몸을 바라는 것처럼 애매했다. 영은 말을 한 적이 없다가 올해 보낸 편지에 쓰길, '남성'이 자기 몸속에서 어떤 의미인지 알게 되었다고 했다. 나는 하루 종일 울었다. 영의 편지는 내 추측을 증명하는 것이었다. 과거에 나는 '여성 대 남성'의 신체적 문제로 영에 대한 내 성적 욕구를 억누르기도 했다.

하지만 사실은 나의 오해로, 내 추측과 정반대였다. 영은 나중에 그때 말한 '남성'이 무엇을 의미하는지 내게 알려 주었다. 결국 그것은 생물학적인 남성이 아니라 일종의 성격적 특성과 의지, '정신적인 남성'을 말한 것으로 영이 말한 남성은 바로 나였다. 나와 영이 사랑한 사람들 안에 있는 '남성적' 힘이 그녀를 사랑하고 그녀의 성적 욕구를 일으켰으며, 동시에 다른 사람들에 대한 욕망을 잠가 버렸다고 했다. 영이 삼 년이나 걸려 알게 된 일이다. 영은 나에 대한 사랑을 몸속에서 삼 년 동안 숙성시킨 뒤에야 비로소 완전히 그것의 이치를 깨달은 것이다. 영과 나는 사랑과 섹스에서 상호적이며 대등했고 고루 잘 어울렸다. 영이 준 열정도 내가 오랫동안 필요로 했던 것이다. 영이 준 사랑과 성적 위로가 날 지탱했다.

수요는 마침내 '내가 가장 알고 싶었던 일'에 대해 입을 열었다. 왜냐하면 그해 수요가 왜 나를 거절했는지 꼭 알고 싶다고 말했기 때문이다. 역시나 성 문제였다. 수요가 말하길, 내가 떠난 그해 여름방학에 나의 성적인 걱정을 알았고, 돌연 모든 것을 확신하게 되자 매일 내 생각이 났다고 했다. 그러던 어느 밤 이유를 알 수 없는 하혈을 했고, 피를 쏟은 밤 이후로 내가 무척 싫어졌다고 했다. 그렇게 마음이 변해서 나를 싫어하고 포기했던 것이다. 수요가 자신에게 중대했던 이 사건에 대해 입을 열었을 때 생각했다. 당시에 수요는 첫 번째로 마주한 성에 대해 죄의식과 불결한 느낌을 가졌던 것이다. 이렇게 여자가 첫 번째 애인에 의해 처녀성을 빼앗기는 원망은 우리 이야기 속에 흔히 나타나는 클리셰cliché다. 나는 수요의 '처녀성'을 위한 희생양이었다. 나중에 수요를 봤을 때 나는 수요와 그녀의 새 애인이 원만하게 성생활을 한다고 들었다. 하지만 의심할 여지없이 수요가 나를 가장 깊고 가장 순수하게 진심으로 사랑했으며 지금도 원한다는 것을 믿는다. 어쨌든 너무 늦었다. 나는 수요의 생활에 개입할 생각이 없으며, 이미 충분히 사랑했다. 수요는 다른 사람과 더 잘 어울린다. 우리는 먼 친구다.

몇 차례 여자들과의 애정 관계에서 성 정체성에 관한 것은 내게 별문제가 되지 않았다. 나는 내내 여자들에게 끌렸고 사랑하는 사람과의 성적 교류가 필요했다. 아주 어린 시절부터 나는 분명 여자를 사랑하는 사람이다. 수요와 함께 있던 때 수요에 대한 내 성욕은 아주 선명했다. 나는 여자 몸을 욕망했으며 여성을 사랑했다. 나이가 들면서 여성에 대한 열정은 더욱더 강해졌다. 내가 아주 강한 '남성'을 지녔다는 영의 말은 맞았다. 나는 천부적으로 여성을 뜨겁게 사랑하기 때문에 나와 사랑에 빠진 사람이 레즈비언인지 아닌지는 중요하지 않다. 오직 신체 기관에 대한 편견만 없다면 자연스럽게 나와 성적으로나 정신적으로 사랑할 수 있다. 왜냐하면 성적인 관계들에서 진정 중요하며 격렬하고 탄탄하고 지속적인 것은 활동적인 '양陽'과 수동적인 '음陰'의 뜨거운 결합이기 때문이다. 내가 간절히 원하는 것은 가장 음성적이고 부드럽고 잘 받아들이는 사람이며, 내가 여성을 욕망하고 함께하고자 하는 것이 남성이 여성을 욕망하는 것과 크게 다르다고 생각하지 않는다.

나는 진정한 격정 속에서 성과 사랑이 하나가 된다고 믿는다. 수요를 겪은 뒤 내 성과 사랑은 성숙해졌고, 나는 아주 운 좋게 우연히 너를 만났다. 너는 내가 죽도록 간절히 원하던 여자였다. 나는 압도적인 욕망에 사로잡혔다. 나의 능동적인 생명력이 단숨에 너의 수동적인 생명력의 뜨거운 흡인에 움켜잡힌 것이다. 칠 개월간의 파리 생활을 포함한 삼 년 동안 이 광적인 열정이 타오르고 나는 시시각각 너를 간절히 원한다. 순간 사라지는 열정이나 우담화優曇華*같이 드문 열정이 아니다. 너와 결혼해야 하고, 온전히 너에게만 속할 수 있다. 내 열정이 너무 강해서 절대 다른 누구에게 충성할 수 없다. 만약 너라는 사람이 없었다면, 나는 누구에게든 쉽게 권태를 느끼고 불만족한 나머지 방종한 생활을 했을 것이다. 그래. 내 성과 사랑을 집중시켜 이토록 순수하게 만들 수 있는 사람은 오직 너뿐일 것이다.

또 다른 역설은 가장 욕망하는 사람이 흔히 가장 금욕적이라는 것이다. 스님과 돈 후안Don Juan**은 같은 부류일 수 있다. 나는 오직 너 한 사람을 위해 정절을 지킬 수 있다. 네가 필요한 것은 다 줄 수 있다. 나는 너를 위해 나를 아낄 수 있다. 이것이 내가 너를 사랑하는 방식으로, 나는 그처럼 깊고 철저하게 너를 사랑하는 것이다. 어떻게 해야 너에 대한 내 갈망이 사랑을 받거나 성적으로 만족하는 것 이상의 초월적인 것임을 네게 이해시킬 수 있을지 모르겠다. 내가 갈망하는 것은 모든 삶

●   삼천 년에 한 번 꽃이 핀다는 상상의 식물. 불교 경전에서는 희귀한 것을 비유하는 데 쓰인다.

●●   전설 속 바람둥이 귀족, 방탕아. 성직자에게 처형을 당했다고 한다.

과 몸과 영혼을 모두 더한 융합이다. 더 갈망하는 것은
'한 사람을 만났으면 서로 절대적일 것.' 이것은 예전에
내가 편지에 썼던 내용이다. 지금은 더 명확해졌다. 내가
진정 바라는 바다.

여기 파리에서 너는 내 몸을 원치 않았고 나와의 스
킨십도 싫어했다. 어쩌면 내가 네게 너무 무거웠다고 말
할지도 모르겠다. 매일 깨어 있는 매시간 네가 연인이길
바랐기 때문에 어쩌면 나를 소화하기가 더 힘들었겠지.
열정에 대한 우리의 다른 생각들이 너와 내가 함께 살
수 없는 주된 이유였다. 이런 생각을 하면서 나는 이제
미소 지을 수 있게 됐다. 영이 했던 말이 재미있다. 결과
적으로 너는 사람을 바닥나게 했구나. 그러니까 도망간
거야. 열에서 팔구는 맞는 소리다. 영은 원래 열정적인
사람인데도 때로는 내 열정의 강도나 표현을 견디기 힘
들다고 했다. 영이 말하길 내가 영에게 굳이 말로 표현
하지 않아도 내 몸에서 나오는 열정과 요구가 너무 강해
큰 압력을 받았다고 한다. 아, 영이 말한 것은 내게 문제
가 있으며 내 압박으로 네가 떠났다는 거였다. 너는 내
게 항상 내가 너무 무겁다고, 너는 담백한 관계를 원한
다고 말했다. 이런 생각을 하면 나는 언제나 내 자신이
싫고, 내 성격이 너무 싫고, 내가 너무 열정적이고 활동
적이라 싫고, 너를 너무 갈망하고 너를 필요로 하는 것
이 싫고, 너에 대한 내 강한 소유욕이 싫고, 내가 가진

'남성'적인 기질이 싫다. (이 자기혐오가 나를 더 '여성'이 되게끔 만들었다.) 열정 때문에 쉽게 병들고 쉽게 자해하는 내가 싫고, 너무 쉽게 고통에 빠지는 내가 싫고, 지나친 요구로 너를 질식시키고 압박하는 내가 싫다. 네가 나를 싫어하게 만들고, 견딜 수 없게 하고, 가까이 오고 싶지 않게 하고, 우리 사이의 친밀감을 죽이고, 나를 버리게 하고, 배신하게 하고, 나를 한 번 보기조차 싫어하게 만든 나 자신의 모든 것이 원망스럽다. 네가 전화로 "나는 더 이상 너와 살 수 없어!"하고 소리쳤을 때 내 얼굴에서 눈물이 솟구쳤다. 싫어하는 것으로 말하자면, 내가 가장 싫어하는 사람은 바로 나 자신이다.

추신. 나는 지난 삼 년간의 아름다움과 고통의 세세한 사연(소설의 중요한 줄거리)에 대해 확실히 마주할 용기가 없었다. 아름다운 것은 눈이 멀도록 아름다웠고 상처는 너무 잔혹했다. 어제는 「안개 속의 풍경」을 다시 보았다. 소년이 나귀의 죽음을 목격하고 화면 정중앙에서 무릎을 꿇고 앉아 너무 슬프게 우는 모습을 보면서 나도 상심해 울었다. 내가 바로 그 소년 같다는 생각이 들었어. 나는 동물의 죽음을 보고 슬퍼서 울 수 있는 순수한 어린아이로 변했지. 백경과 함께 바람이 선선한 파리의 불 꺼진 야경 속을 걸어가던 중에, 백경은 영화가 너무 아름다워서 오늘 밤 죽어도 좋다고 했어. 영화가 너무 아름다워서 이 순간 죽을 수 있다는 사람이 옆에 있으니, 나 역시 오늘 밤 정말로 죽을 수 있다고 말했지. 영화가 그렇고, 인생도 그렇고, 사랑은 더 그렇다. 그렇지?

이 열한 번째 편지는 서랍에 넣어 버리자. 나는 세세한 사연을 마 주 할 수 없 다. 나는 이미 너를 이해시킬 수 있는 감정과 느낌은 이미 쓸 만큼 다 썼어. 우리들의 사랑과 내력, 더 완벽한 소설을 쓸 자료들은 우선 보관해 두려 한다. 괜찮지? 나는 네게 이 편지를 부치지 않겠다. *J'ARRIVE PAS!*

열두 번째 편지

5월 23일

○

거대한 산을 넘고 눈물이 가득 고인 골짜기에 빠지고, 나는 너무너무 많은 상처를 삼켜야만 했다. 바꿔 생각해 보면 더 존엄하고 진실하게 살았던 것이다. 여러 면에서 나 자신이 불만족스러웠지만, 놀랍게도 나는 내가 좋아하는 훌륭한 사람으로 변했다.

다른 사람이 나를 더 사랑할 거라는 생각을 해서는 안 된다. 나는 이미 솜에게서 과분한 사랑을 받았다. 행운이라는 생각을 하지 못할 정도로, 다른 사람을 사랑할 마음을 여전히 갖지 못할 정도로, 다른 사람의 삶을 책임질 자격이 있다고 말하지 못할 정도로, 다른 일을 원한다고 자신을 속여 말해야 할 정도로, 내 인생에서 다른 사랑을 찾아 완성시킬 거라고 여전히 자신을 속일 정도로, 나는 솜에게서 많은 것을 받았다. 나는 내 마음이 '원하는 것'이 뭔지 선명하게 알며 누구의 집으로 돌아가고 싶은지도 알고 있다.

순수. 내 삶에서 추구하는 모든 것의 초점이다. 사랑하는 한 사람, 은사님, 직업, 사람들, 살아 있는 것들에게 헌신하는 삶이 내가 살고 싶은 삶이다.

성실함과 용기, 진실함이 인류의 삶을 구할 것이다. 내가 프랑스에 와서 배운 가장 중요한 미덕이다. 성실과 용기와 진실은 죽음과 극심한 육체적 고통, 심지어 극심한 심리적 고통까지 마주할 수 있게 한다. 또한 성실과 용기와 진실이야말로 사회 정치적 박해에 맞설 수 있게 하는 덕목이다. 언제 어디서나 자신의 삶을 진실하게 지키면서 자신의 삶이 진실한 생활 조건을 갖도록 궁리하는 것만이 비로소 '어떻게 사는가?'를 아는 것이다.

지금까지 인생을 살아오면서 가장 어려운 일은 '타인을 존중하는 것'이었다고 생각한다. 누군가를 철저하게 이해한 뒤에야 비로소 존중할 수 있기 때문이다. '지혜' 없이는 슬픔도 있을 수 없다.

또 '운명'이란 광대한 주제가 있다. 운명이란 심오하고 비밀스러운 것으로 삶의 자질과 형식에 의해 결정된다. 다만 사람은 자기 삶의 자질과 형식을 인지하고서야 운명을 뛰어넘어 진실 안에 살게 된다. 나는 강한 사람으로 운명보다 강해야 하고 내 환경보다 강해야 하며 다른 사람보다, 인류의 비극보다, 고통과 질병보다, 내 몸의 생사보다, 내 재능보다 더 강해야 한다. 살아 있을 때는 진실하고 선하고 아름다운 것의 대표로 살다가 죽을 때는 '절대'와 '불멸의 존재'로서 죽는다. 오직 사람의 가장 깊은 곳에서 관통하고 일치해야 사랑 안에서 의지와 욕망이 훌륭하게 융합될 수 있다. '가장 깊은 곳에서 관통하고 일치하는 것'은 심리 치료적인 면이 아니다. 중요한 대부분은 철학과 영적인 측면에 있다. '의지와 욕망의 융합'은 바로 내 논문의 주제이다.

스콧Walter Scott*은 인간이 만일 편안한 마음으로 사회와 대자연에 적응할 수 없다면 평생 불행하게 된다고 말했다.

세속, 공리성功利性, 점유, 이기심, 공격성, 파괴력, 지배. 이런 것들은 모두 타인에게서 보이는 내가 혐오하는 성질들이며, 나 역시 사회 속에 만연한 이런 성질 때문에 병들고 상처받고 도피하게 되었다. 간단히 말하자면 이런 나의 '타인성他人性'으로 인해 내 삶은 타인들 앞에서 진실한 모습으로 존재할 수 없고, 이 괴로움이 나를 뒤틀리게 한다. 이 '타인성'으로 인해 인류는 한 사람의 진정한 자아를 받아들이지 않으며, 이 수용하지 않음으로 인해 모두가 진실한 생활 속에서 살 수 없게 된다. 이것이 내가 사회생활에서 극렬한 상처를 받고, 갈망하는 진

● 월터 스콧(1771~1832). 영국의 낭만주의 시인. 역사 소설가. 『최후의 음유 시인의 노래(1805)』(3권), 『마미온(1808)』, 『호수의 여인(1810)』의 3대 서사시로 시인의 명성을 얻었다.

실과 존엄 속에서 살 수 없는 이유다. 내가 다른 사람의 그런 자질들을 용납하지 못하는 이유는 아마 내 마음속에도 이런 성질이 있기 때문일 것이다.

나는 '열정적인 예술가' 부류의 사람이고 진심으로 전원생활을 원한다. 아니면 더 순수한 승려 생활을 갈망한다. 이 두 가지 기질은 서로 양립할 수 있을까?

사람과 사람이 서로 참아 주지 않는 것은 정말 죄악이다. 혼자 살아가는 동안 삶은 공허하고 무의미하다. 정말 슬프다. 이런 일로 나는 괴롭고 아프다.

내가 살아가고 싶다는 것을 아는 한 참지 못할 고통은 없을 것이다. 내 삶에 다시는 솜이 필요하지 않게 된다면, 다시는 솜으로부터 무엇도 얻을 수 없다면, 다시는 솜에 대해 아무런 기대도 품지 않게 된다면, 다시는 솜에 대한 '점유욕•'을 갖지 않게 된다면 나는 비로소 내가 원하는 방식으로 솜을 사랑하게 될 것이며 솜의 삶을 존중하고 평등하게 민주적으로 솜을 대할 수 있을 것이다.

객관성. 타르코프스키와 같은 위대한 예술가의 길 위에서 내가 찾은 주제다.

나는 승려의 삶을 살 것이다. 스물여섯 살의 승려.

내가 솜을 사랑하는 이유, 내가 늘 솜을 사랑했고 영

• 점유성占有性. 영역이나 지위 따위를 차지하려는 속성.

원히 솜에게 속한 이유는 바로 그녀의 순수한 성격 때문이다.

5월 25일

○

　의심할 여지없이 사람은 정말로 둔하고 거칠다. 내가 만난 사람들은 하나같이 그렇게 둔하고 거칠었으며, 나는 인간이 왜 그렇게 둔하고 거친지 알 수가 없다. 나는 이 일을 이해할 수가 없다.

　나는 철 좀 들어야겠다. 더 이상 둔하고 거친 행동은 하지 말자. 맹세해. 내가 당연히 화내거나 원망해야 할 일도 모두 없애도록 하자. 다시는 어떤 사랑도 혐오도 남기지 말자. 정말이다. 내가 짊어진 등 뒤의 무거운 짐이 조금 가벼워진 느낌이다. 어쩌면 전화상으로 하나하나 분명히 청산해서일까? 나는 내 원한을 풀어야 할 필요가 있고 솜도 마찬가지다. 만일 우리 두 사람의 원한이 풀리지 않는다면 사랑도 흐를 수 없을 것이다. 피차 마음속에 있는 원한이 우리의 사랑을 지속하지 못하게 막는 원흉이다.

열정. 인생에는 정말 구원이 없는 것일까? 나는 믿지 않는다. 열정, 이어지는 고통. 하지만 고통을 감당할 방법이 아주 없는 것은 아니다. 열정이 있어야 좋다. 그래야 자기 삶에서 무엇을 하고 싶은지 알 수 있다. 인생에서 정말 중요한 것은 자기가 진정으로 하려는 것이 무엇인지 깨닫는 일이며 자기가 진정으로 사랑하는 한 사람을 깨닫는 일이다. 이 모든 것의 의미를 깨달으면 된다. 만약 진정으로 깨달을 수 있다면 그 인생에는 더 이상 참지 못할 고통도, 어떤 유감도 없을 것이다.

오직 고통과 죽음만이 우리에게 본질을 파악하게 하며, 진실이 무엇인지 명확하게 알려 준다.

솜은 아직 충분히 자라지 않았고 고통의 맛도 제대로 느끼지 못했다. 솜은 진실이 무엇인지 절대로 알 수 없다.

열정의 고통은 감당하지 못할 일이 아니며 초월하지 못할 일도 아니다. 종교와 자연, 운동, 사람들, 일상……. 모두 중요하다. 중요한 것은 진정으로 하고 싶은 일이 어떤 것인지 아는 것이다. 사람은 자신이 진심으로 사랑해야 할 사람이 누군지를 안다. '그렇기 때문에' 살아 나가야 하는 것을 안다.

타르코프스키는 옳았다. 예술가의 책임은 인류에게

사람을 사랑하는 능력을 일깨우는 일이다. 사람을 사랑하는 능력 안에서 다시 내재된 빛과 인간 본성의 진정한 선함, 아름다움을 발견하는 것이다. 종교는 흔히 구체적인 운명의 내용과 주제에 관해 거의 말하지 않는다. 하지만 '저마다의 인간'은 모두 이해받아야 한다. 사람들은 개개인의 구체적인 운명에 속한 내용과 주제를 인생 여정에서 발견하면서 삶의 도리를 깨닫게 된다. 나는 치료사도 아니고 철학자나 종교인도 아니다. 무엇보다 예술가가 되어야 한다. 나는 예술가다.

만일 솜이 파리로 돌아온다면, 단 하루뿐이라도 솜을 즐겁게 해 줄 것이다. 솜을 즐겁게 하는 것이 내가 하고 싶은 일의 전부다. 나는 내가 아는 모든 방식, 솜에게 가장 잘 맞는 방식으로 솜을 기쁘게 해 줄 것이다. 나는 내가 솜의 것임을 솜이 알게 하고, 내가 솜을 사랑할 수 있고 솜에게 사랑받을 수 있음을 솜이 알게 할 것이다. 나는 솜의 삶과 영혼에 잘 맞는 사람이다. 솜은 나를 오해했다. 내가 솜을 즐겁게 할 수 없고 고통 없이 즐겁게 살지 못한다고 오해했다. 내가 솜을 경멸하고 상처 줄 것이라는 것도 오해다. 솜은 내 삶의 본질을 오해한다. 나는 솜에게 내 삶의 모든 것, 온전한 내 삶을 명백하게 보여 주고 싶다.

나는 솜을 자전거에 태워 숲으로 데려가고 싶다. 솜을 위해 아침, 점심, 저녁을 만들 것이다. 잠들기 전에는 새로 나온 음악을 함께 듣고 시를 읽어 주겠다. 낮 동안 나는 일을 하고, 솜은 혼자서 하고 싶은 일을 하다가 저녁이 되면 함께 센강 변을 따라 걷거나 거리 구경을 할 것이다……. 솜과 함께 루브르^{Louvre} 궁전에 가도 좋다. 밤에는 빌레트^{Villette} 공원에서 함께 야경을 보고 싶다. 앙겔로풀로스의 영화를 감상하고 아르헤리치^{Argerich•}의 열광적인 연주회에 가서 음악을 들을 것이다. 독창적인 예술 전시회^{••}를 보거나 배우 로랑^{Laurent}의 심오한 연기를 감상할 수도 있다. 이렇게 우리는 파리 도처를 함께 돌며 우리의 일상을 사진으로 찍고, 일상의 틈새에는 함께 안뜰을 청소하겠지……. 만약 솜이 더 오래 머문다면 나는 내 소설을 완성하고 솜에게 줄 시를 쓰기 시작하거나 예술을 창작하고 싶다. 난 솜에게 영감을 주고 솜에게 어울리는 규칙적이고 담백하고 조용하며 온화하고 흐뭇한 일상을 주려 한다. 오로지 그런 생활만이 솜을 행복하게 할 수 있으며, 오로지 그런 기질을 갖춘 나만이 진정으로 솜의 삶을 충만하게 할 수 있다. 우리에겐 더 이상 육체적인 친밀감도 많은 담론도 필요하지 않다. 나도 더 이상 격정이 필요 없다. 솜에게 열정이나 사랑을 증명하라고 하지 않는다. 그동안 나는 아주 빠르게

•　　마르타 아르헤리치 Martha Argerich (1941~). 아르헨티나 부에노스아이레스 출신의 천재적인 여성 피아니스트. 뛰어난 음악성과 테크닉으로 독보적인 위치를 구축했다.

••　원문. Brancouci. 관련 전시 정보를 찾을 수 없었다.

성장했다. 진정으로 솜이 원하는 사랑과 일상을 줄 수 있을 만큼 성장했다. 우리가 정신적으로 아주 가까움을 다시 느끼고 싶다.

자살. 우리의 아름다운 생활을 산산조각 낸 분노와 적의에 대하여. 일 년 내내 우리 마음 저변에 깊이 감춰 둔 분노와 적의는 이 반년 동안 솜이 내게 잘못을 저지르게 했으며 결국 붕괴를 낳았다. 나를 향한 솜의 냉정함, 이기심, 매질, 무정함, 배반, 이 모든 것들이 내 몸 안에 쌓이며 생긴 병. 솜이 내게 남긴 상처와 나의 폭발, 갈수록 깊어진 솜의 원한, 솜이 내게 저지른 마지막 잘못, 이 모든 것들은 더 이상 솜에게 돌려주지 않을 것이다. 혹여 이런 일들이 계속될지라도 진심으로 솜을 대하는 내 품성을 왜곡시키지는 못할 것이다. 이 모든 것을 내 죽음 속으로 던진다. 죽음으로 모든 것을 끝내고, 솜에 대한 내 원망과 나에 대한 솜의 몰이해를 죽음 안에 진정으로 녹일 것이다. 죽음 속에서 솜과 완전히 화해하고 서로 이해하며 계속 사랑하려고 한다. 또한 내 죽음은 솜을 향한 철저한 용서와 후회를 담은 마지막 행동이 될 것이며, 솜이 모든 부분에서 성장하도록 돕는 마지막 노력이 될 것이다……

자살. 삶으로부터 도망가려던 예전의 죽음 욕구와는 정반대다. 요즘 나는 전에 없이 기쁨에 차 내 생활과 삶을 사랑한다. 미래에 대해서, 또 나 자신에 대해서 스스로의 삶에 만족하고 존경할 만하며 훌륭한 사람이 되겠다는 희망과 믿음이 충만하다. 과거에 내가 어떻게 할 수 없고 변화시킬 수 없던 인격과 특성을 명백하게 인지하면서도 지금은 더 이상 문제시하지 않는다. 과거에 내가 내내 뚫을 수 없었던 통로도 지금은 뚫었다. 나는 온몸으로 빛을 발한다. 생생하고 뚜렷하다. 일 년 동안 생긴 일의 앞뒤 관계를 이해하며, 내가 진정으로 살고 싶은 생활이 어떤 모습인지 분명히 안다. 더욱이 내가 지난날 바랐던 자신감과 상상력을 얻었고 마치 그 삶이 지금 바로 눈앞에 있는 듯 손을 뻗어 끌어당기기만 하면 된다. 요즘 나는 예전처럼 특별한 고통을 느끼지 않는다. 오히려 가장 밝고 가장 건강하며 가장 고통이 두렵지 않다. 나는 한순간에 수많은 고통의 비밀을, 고통을 이겨내고 초월하는 비밀을 깨달은 것이다……. 그래. 내가 자살하는 것은 결코 삶이 고통스러워서가 아니다. 살기 싫어서도 아니다. 반대로 나는 삶을 열정적으로 사랑하기 위해, 죽음이 아닌 삶을 위해서 죽는다.

그래. 나는 자살을 선택한다. 모든 것을 '용서'하는 여정의 종점이다. 결코 누구를 징벌하기 위해서도, 어떤 잘못에 항의하기 위해서도 아니다. 스스로 죽기로 결정하면서 전에 없이 명료하고 이성이 살아나며 가벼워진다. 내 삶의 궁극적인 의미를 추구하기 위해, 두 사람 사이의 아름다운 책임을 철저하게 지키기 위해 나는 죽기로 결심한다. 내 삶의 의미를 진실로 성실하게 행하고 책임지려 한다. 내 육체가 사라지면 결국 형식적인 생명은 끝나겠지만 내 영혼은 소멸되지 않을 것이다. 형체 없는 생명은 죽음으로 사라지지 않는다. 내가 이 세상에서 사랑하는 사람을 충분히 사랑하고 삶을 충분히 사랑했다면, 나는 진정 '무無'로 돌아가 사라질 수 있겠지. 하지만 지금 만일 내가 죽음의 방식으로 내 삶에 대한 열정을 표현한다면, 나는 아직 솜을 충분히 사랑하지 못했으며 삶을 충분히 사랑하지 못한 것이니 나는 솜을 사랑하고 그녀 삶의 일부가 되기 위해 환생할 것이다. 육체의 죽음은 아무 것도 의미할 수 없으며 그 무엇도 끝낼 수 없다.

이것은 비극일까? 비극이 될 것인가? 1992년 말에 나는 꿈속에서 솜의 슬픈 눈을 보았다. 이 비극을 예견한 것일까? 그것은 내가 죽었을 때 솜의 눈일까? 솜은 내 죽음을 슬퍼할까?

3월의 재앙을 겪고 나서 나는 이미 죽었다. 나는 이미 죽음이 두렵지 않다.

내가 돌이키고 싶은 이 사랑의 본모습에 비한다면, 내가 완성하고자 했던 삶의 아름답고 찬란한 빛에 비한다면, 육체의 고통은 아무것도 아니다. 나는 흔쾌히 받아들이며 미소 지을 것이다.

열세 번째 편지

죽지 마. 죽음을 말하는 것이 두려운 게 아니다. 하지만 항의하기 위해선 죽지 마. 그런 고독과 아픔은 나에게 고통을 주며 살고 싶지 않게 해. 살아 남은 사람들이 어찌 감당하겠니? 지금도 네 고통을 생각하면 어찌할 바를 모르겠는데, 하물며 매일 밤마다 사라진 네 외침과 원한이 떠오르는 상황을 내가 어떻게 직면하겠어……. 나는 아무래도 그런 고통을 마주하기 힘들다. 하지만 나 자신의 고통이 두려워서, 너에 대한 이해 없이 죽음을 저지하는 것은 아냐. 나는 네 삶을 이해하고 있어. 네가 정말 네 삶을 죽인다면, 그런 의미의 파괴는 사람들에게 철저한 불의를 느끼게 할 뿐 아무 도움이 되지 않아. 만일 너조차 삶을 버린다면 더 이상 무슨 말을 할 수 있겠니?

— 1995년, 도쿄에서 온 중요한 편지

지금은 1995년 5월 29일 새벽 열두 시 반이며, 나의 스물여섯 번째 생일이다.

엄마와 아빠가 방금 전화로 생일을 축하해 주었다. 나는 슬픔을 누를 수 없다. 엄마, 아빠는 이제 내게 전력을 다한다. 또 이미 온 힘을 다해 날 사랑해 주었다. 내가 정말 내 삶을 죽인다면 엄마, 아빠는 얼마나 고통스러울까? 그래, 영은 내 삶을 이해하기 때문에 그렇게 묻는 것이다. (너 정말 네 삶을 죽일 거니?)

영, 영아. 제 속처럼 나를 아는 사람. 내 죽음의 시기가 다가왔음을 아는구나! 하지만 아직도 내 안의 너무 많은 예술들을 완성하지 못했어! 제 속처럼 나를 아는 영. 내 짧은 인생에서 너는 내게 충분히 많은 것을 주었으며, 오직 너만이 내 비극을 진정으로 이해해 주었다. 나에 대한 네 사랑은 예술 그 자체였으며, 너에게 가장 정중한 감사의 뜻을 표한다.

영, 내 죽음은 가치가 있을까? 네 붕괴만큼, 엄마와 아빠의 붕괴만큼, 나를 사랑하는 모든 사람의 붕괴만큼, 내 타고난 기질과 재능을 아는 모든 사람의 연민만큼 가치가 있을까? 그만큼 가치 있는 일일까? 영, 눈물이 차올라…….

5월 28일

○

솜,

오늘 아침 네가 보낸 생일 선물을 받았어. 세트로 구성된 클래식 잡지. 무척 행복했다.

이제 나는 스스로 올곧이 서기 시작했어. 더 이상 도움 필요 없이 삶의 가장 중요한 주제로 진입했어.

나는 내 삶에 객관성을 가져야 해. 정말이야. 네게 쓴 수많은 편지를 쌓아 두었고, 널 위해 준비한 생일 선물도 챙겨 두었다. 네게 쓴 편지를 부칠 수 없었던 것 또한 객관성 때문이다. 현실 속 객관성의 이치로 보자면 너는 분명 내가 사랑했던 그 대상이 아니며 내 삶의 깊숙한 곳에 있는 그녀가 아니니까. 비록 나는 너와 대화하길 간절히 원하고, 편지를 쓰고, 네게 말을 걸지만. 다른 사람에게 할 수 있는 일이 아니며 내 삶에서 반드시 해야 하는 일, 하지 않으면 안 되는 일이기 때문이다. 나는 분

병히 오식 너와 깊이 연결되었으며, 네게만 깊이 얘기할 수 있고, 네게만 얘기하길 원한다. 이번 인생에서 내가 원한 것은 바로 진술과 소통, 창조성이다. 다른 인류와 가장 깊은 창조적인 관계를 형성하는 것이다. 나는 이미 다 얻었고 우리 관계 속에서 내적 행복에 도달했다. 하지만 내 편지를 부쳐 내 절대, 내 아름다움, 내 덕행을 현실 속의 네게 보낸다면 너는 나를 화나게 하고 좌절시키며 상처 입힐 것이다……

그리워想念你. 이 세 글자는 이제 쉽게 말할 수 없다. 이미 네가 그리운 상황을 어떻게 표현해야 할지 모르겠다. 휴. 그저 마음속에 나지막하게 스스로에게, 네게 물어볼 뿐이다. 내가 아직 부족하니? 내가 말 걸지 않으면 네 인생도 좀 허전하지 않을까? 나는 아무래도 알 수가 없어. 너는 왜 네 삶에 속한 나를, 네가 가진 보물을 던져 버렸니? 흠, 나는 아직 인생을 모르겠어.

"Femme, je suis retourné. 여인이여, 돌아왔어요." 알렉산더 대왕 *Alexandre le Grand*

너무 아름답고, 너무 아름다운 알렉산더. 얼마나 아름다운 사랑인가. 삶과 죽음을 초월한 사랑. 얼마나 아름다운가. 울고 싶을 정도로 아름답다……. 알렉산더는 바로 나다. 그렇지? 알렉산더가 내 원형이다. 내 배아에 각인된 기호다. 내 생에 단 한 사람, 한 여자를 사랑한다. 삶을 통틀어 사랑하고 내 전부를 사랑 앞에 모시고……. 온 생을 사랑하는 이에게 바쳐 제를 올리고…….
아, 내 인생의 가장 깊은 꿈. 나는 한 사람을 찾았고 그
녀를 절대 사랑해! 알렉산더가 나이며, 내가 알렉산더
다!

'불후의 사랑' 베토벤 *Beethoven*

절대적인 사랑 외에는 모두 사랑이 아니다. 과거에 내
가 사랑했던 모두는 사랑이 아니었다. 오늘 이후에야 비
로소 사랑인 것이다.

'행복은 연속적이며 오래 지속되는 충실, 안정과 편안
함이다.'

예전에 네가 무심코 베껴서 내게 준 문장이다. 이 문
장으로 나는 네가 인생에서 어떤 행복을 찾는지 알게
되었다. 우리는 행복에 도달했을까? 내 열정적인 본성은
내 내면이 완전히 바뀔 순 없다고 하지. 하지만 우리가
서로를 더 위할 순 있잖아. 나는 네가 원하는 대로 널
대하고, 네게 주고, 널 사랑하길 바라.

숌, 넌 내가 얼마나 너를 사랑하는지 모른다. 내 삶
이 끝나더라도 여기 있을 것이며 끝까지 너를 사랑할 것
이다. 넌 내가 얼마나 너를 사랑하는지 모른다. 넌 그냥
알고 싶지 않을지도……. 넌 내 사랑의 가치를 무시하고
나를 짓무르게 했다. 하지만 나는 내 인생으로 내 아름
다움과 내 사랑을 증명할 것이다. '불후의 존재'인 나로
서 사랑을 빛나게 할 것이며, 이것이야말로 삶의 궁극적
인 의미임을 네가 알게 할 것이다. 하지만 이제 더 이상

의미 얘기는 그만하고 침묵을 지키겠다. 신은 사람들에게 나를 이해시킬 것이며 너도 그중 하나가 되겠지…….

상실. 상실하자! 너를 전부 잃는 것 말고는 내가 원하는 사랑보다 더 철저하게 사랑하지 못할 것이며, 네 마음속에 내 존재를 더 내버려 두지 않을 것이다! 신, 더 철저하게, 힘내. 더 나아가, 두 걸음, 세 걸음. 네가 죽는 날까지 내 삶 속에서 널 빼내고 박탈하길……. 아무리 고통이 오고 또 오더라도 상관없이 너를 잃고 또 잃더라도 나는 여전히 너를 사랑할 것이다.

솜, 사랑은 감정, 정서, 열정만이 아니며 사실은 일종의 '의지'다.

하지만 나는 먼저 네게 침묵을 배우고 너를 해치지 않는 법도 배워야 한다. 그런 사랑만이 거센 파도 아래 바위처럼 천천히 드러나는 것이겠지…….

평온한 사랑은 사랑이 아니다. 정적인 평온함은 진정으로 평온한 것이 아니다. 모든 것은 움직이는 중이며, 변증법적이다. 모든 것은 대가를 치러야 한다! 정말이다.

5월 29일

○

오늘은 내 생일이다. 아형이 귀여운 커피색 곰 한 마리를 내 침대 위에 놓고 갔다. 곰의 목에는 '생일 축하해.'라고 쓴 메시지 카드까지 걸려 있었다. 나는 감동했다. 아형 같은 사람은 감동이다. 살면서 베풀 줄 아는 사람은 너무 적다. 내가 만난 대부분의 사람들은 이기적이고 인색해서 사랑이 부족하다. 세상을 사랑하기에도 부족하다. 파리에서 함께 지내며 나는 늘 아형의 인격에 감동한다. 아형은 독립적이고 도리를 알며, 용감하고, 순수하고, 다정하고, 베풀 줄 아는 사람이다. 나는 살아서 이런 인류를 만나 함께 살아 볼 필요가 있다.

오락보다 환희가 좋으며, 환희보다 행복이 좋다. (스콧)

만일 내가 자살을 하지 않는다면 예술과 도덕이 나를 붙잡은 것이다. (베토벤)

앙겔로풀로스는 칸 영화제에서 황금종려상을 받지

못했다. 나도 그를 위해 울었다. 하지만 세속적인 총애와 영광은 한 사람의 예술가에게 있어 꿀물이 아닌 칼과 독약이 될 수 있다! 먼지 가득한 세상은 뒤로하고 계속 일하십시오. 앙겔로풀로스.

27일 토요일에 란도브스키Paul Landowski*의 조각에 대한 강의를 들었다. 나는 란도브스키의 작업 정신을 존경하며, 그가 로댕Rodin의 뒤를 잇는 가장 위대한 조각가 중 한 명이지만 아직 다 동의하지 않을 셈이다. 나를 감동시킨 작품들은 「유령들Les Fantômes」, 「프랑스La France」, 「영원한 회귀Le Retour Éternal」, 「센강의 근원Les sources de la Seine」, 「나르비르 전사 기념비Le Monument de Narvir」, 「인류 성전Le Temple de l'Homme」 중에 하늘을 향해 기도하는 분홍빛 조각상이다. 나는 예술가가 인류의 비극과 죽음에 깊숙이 스며들었을 때에야 비로소 진정으로 감동받으며, 그 위대함을 느끼고 맞닥뜨린다. 란도브스키의 또 다른 작품 「파리 의과 대학의 문」도 내공이 깊다. 하지만 내가 정말 좋아하는 작품은 「유령들」과 「프랑스」다. 두 작품 모두 란도브스키가 제2차 세계 대전을 겪고 나서 전사한 병사들을 '다시 일어나게 하자'고 맹세한 뒤 완성한 작품이다. 황량

● 폴 란도브스키 (1875~1961). 폴란드계 프랑스 조각가. 브라질 리우데자네이루의 코르코바도 언덕에 세운 「브라질 구원의 예수상Le Christ rédempteur」로 알려졌다.

하고 오래된 전쟁터에 유령 병사 여덟 구가 하늘을 바라보며 고개를 들고 꼿꼿이 섰고, 멀리 언덕 아래쪽에 프랑스 정신을 대표하는 방패 든 여성이 바람결에 치맛자락을 살짝 날리며 섰다. 란도브스키 일생에 가장 심오한 순간이었으리라 믿는다.

어젯밤에 「집시의 시간」을 찍은 에밀 쿠스트리차^{Emir} Kusturica 감독이 칸 영화제 백 주년 황금종려상을 거머쥐었다. 에밀 쿠스트리차가 「언더그라운드^{Underground}」로 앙겔로풀로스의 「율리시스의 시선」을 제친 것은 정치적인 원인이 크다고 본다. 올해 남슬라브** 지역 보스니아와 세르비아의 전쟁은 너무 비참했는데 오래 이어진 유럽 분쟁의 유산이며 희생양이다. 심사위원회는 상을 남슬라브계 감독인 쿠스트리차에게 수여함으로써 유고슬라비아에 안부를 전하는 의미가 없지는 않았을 것이다. 만일 올해의 영화 「언더그라운드」가 「집시의 시간」 정도로 작품성이 있다면 수상도 과하지 않을 것이다. 앞으로 보게 될 작품전에서 그의 영화가 여덟 번째(쿠스트리차는 너무 젊다***)에 이르렀을 때, 그중 네 편이 「집시의 시간」

●●　　유고슬라비아 연방 공화국. 불가리아, 세르비아, 몬테네그로, 크로아티아, 보스니아 헤르체고비나, 슬로베니아. 나중에 각각 분리 독립했다.

●●●　　1995년 당시 쿠스트리차의 나이는 41세. 26세였던 구묘진 작가의 너무 젊다는 표현에서 수상에 대한 아쉬움과 앙겔로풀로스에 대한 애정과 존경을 짐작할 수 있다.

수준이라면 에밀 쿠스트리차는 타르코브스키와 앙겔로 풀로스 이후 내 마음속 세 번째 감독이 될 것이다. 아, 파리에 온 지 삼 년이 흐른 지금에야 영화계에서 나를 진정으로 흥분시키는 감독 몇 사람을 겨우 알게 되었다. 내가 매료된 그 몇몇 위대한 영화 영혼은 프랑스에 있지 않고 유럽 최북단과 최남단에 있다. 북쪽에는 러시아의 안드레이 타르코프스키, 니키타 미할코프Nikita Mikhalkov, 남쪽에는 그리스의 테오 앙겔로풀로스와 세르비아의 에밀 쿠스트리차가 있다. 살아 있는 프랑스의 고다르Godard, 로비너Robiner, 루이 말Louis Malle, 리베트Rivette, 샤브롤Chabrol •••• 들은 중급의 영혼이라 할 수 있으며 베넥스Beineix, 베송Besson, 카락스Carax 같은 차세대 포스트 바로크풍 감독들은 아직 너무 젊다. 젊은 예술가들의 스타일적인 한계가 나이 들면서 변할 수 있을지 지켜볼 일이다.

각각의 예술가가 지닌 정신적 자질과 작품화되는 운명은 모두 그들이 젊었을 때부터 알 수 있다. 유럽 영화계의 영혼에 대한 '지형' 구분은 지난 삼 년 동안 내가 성장해서 그려낸 것이다. 그러니까 솜, 제발 내가 먼 곳에 있다고 버리지 마. 파리에 있는 나를 아무렇게나 버

•••• 프랑스 영화 예술 운동 누벨바그Nouvelle Vague를 주도한 감독들. 주제와 기술상의 혁신을 추구했다. 로비너는 로메르Rohmer의 오기로 조심스럽게 추정해 본다.

리지 말아 줘. 내가 파리에 있는 것은 아름다운 예술가로 성장하기 위해, 네가 평생 사랑할 가치가 있는 아름다운 영혼으로 성장하기 위해서야. 제발 나를 포기하지 마, 부탁해! 나는 결코 너를 떠나려는 것이 아냐. 당장이라도 짐을 챙겨 네 곁으로 갈 수 있어. 현생에서 예술적 성과를 얼마나 달성하느냐가 중요하지 않고 너를 사랑하는 일이 내 예술적 운명보다 더 중요해. 네가 계속 나를 국외로 추방하고, 나를 원하지 않고, 귀국하는 것을 꺼리고, 내 목숨을 필요로 하지 않기 때문에……. 네 부름이 없기 때문에 나는 오직 내게 속한 독특한 예술적 운명을 따르면서 계속 추방되어 살 수밖에 없는 거야. 그러니까 네가 나를 버리는 것은 정말로 순전히 나를 버리기 위해서일 뿐이고, 다른 이유는 없단 것이지. 만일 실오라기만큼의 이유라도 내가 먼 곳에 있었기 때문이라면, 그 무슨 황당한 일이겠니. 그렇다면 나를 오해한 것이다. 이만저만한 오해가 아니지.

(일하라. 일하는 것만이 모든 것을 잊는 길이다!) 은사님의 말씀이다. 베토벤, 란도브스키, 앙겔로풀로스. 모든 예술가들이 내게 가르침을 준다. 내 생에서 정말 되고 싶은 것은 앙겔로풀로스 같은 예술가, '무당^巫'이 되는 것이다.

열네 번째 편지

5월 31일

○

(불성실함 말고 우리는 크게 두려울 게 없다.)

입은 진실을 상징한다. 코는 너그러움을 상징한다. 두 눈썹은 정직을 상징한다. 이마는 덕행을 상징한다. 눈은 사람을 사랑하는 능력을 상징한다.

나는 솜의 얼굴을 세세히 어루만져 본다. 솜의 이목구비, 내 마음속에 있는 솜의 아름다움을 중얼거렸다. 그래, 바로 솜이다. 구름 사이를 날아가던 새가 내 마음을 훔쳐 가는, 그런 이미지다. 수면을 응시할 때 물결 위로 떠오르는 것은 바로 그 한 폭의 환영이다. 내가 구름 속을 날면서 본 것일까? 내 마음속에서 본 것일까? 그녀는 환영인가? 아니면 물의 움직임이 환영인가?

그래, 솜은 덕을 갖춘 여자다. 나는 누구에게도, 어떤 방식으로도 솜의 구체적인 형상과 내 마음속에 새겨진 솜의 진실함, 선함, 아름다움을 표현하지 못하겠다. 조각가가 자기 마음속의 영원한 얼굴을 조각할 때는 시간 속에서 반드시 대리석처럼 건강한 응고점을 찾아야 한다. 변하기 쉬운 모래 속에서 영원한 의지를 조각해야 한다. 그렇지 않니?

나는 1992년 9월에 솜을 우연히 만났고 12월에 비행기를 타고 파리로 향했다. 우리의 우연한 만남은 신혼여행으로 이어졌다. 그해 연말 나는 작은 도시에서 프랑스어를 배웠고 이듬해 9월 파리에서 대학원 공부를 했다. 1993년 6월까지는 맹세의 시기로, 우리는 완벽한 애정을 나누었다. 솜은 내 몽롱한 유학 생활을 바위처럼 단단하게 지탱했으며, 자아 추구를 위한 내 외로운 여정에 반짝이는 빛을 비췄다. 삼백 통이 넘는 편지가 내 사랑의 정신에 찬란한 불을 붙였다. 이런 정과 은혜가 있는데, 어떻게 내가 두 눈을 감고 '앞으로 더 아름다운 사람이 날 기다리고 있어.'라며 자신을 속일 수 있을까. 어떻게 내가 마음의 소리를 끄고 '다른 사람을 더 사랑할 수 있어.'라고 자신에게 말할 수 있을까. 어떻게 내가 솜의 마름질로 정돈된 내 삶을 모르는 척할 수 있을까. 다른 사람과 만나며 '사랑이란 이것이 아니고 다른 무엇이다.'라고 말할 수 있을까……

1994년 6월에 솜은 비행기를 타고 파리로 왔고 우리는 오랫동안 함께 염원하던 결혼 생활의 꿈과 이상을 이루었다. 하지만 1995년 2월에 내가 솜을 타이완으로 데려다주기까지 그 시기 결혼 생활은 하루하루 실패를 거듭했다. 솜은 프랑스 땅을 밟고 첫 번째 날부터 내게 마지막 맹세를 보냈다. 그때 이미 솜은 자신의 몸에서 벗어났고, 나는 이미 백 퍼센트 나를 사랑했던 솜을 잃었다. 솜은 나를 사랑하러 파리에 온 것이 아니라 괴롭히려고 온 것이라고 나는 늘 말했다. 솜은 내게 잘하려고 애썼지만 그럴수록 더 사랑이 식었으며 상처만 주었다. 우리 관계는 급격히 악화되어 8월에 이르러서는 솜이 내게 충실하지 않았고, 나는 광기에 휘둘려 점점 자신을 망쳐 갔다. 자아가 무너지면서 두 번 죽으려 시도했고 인생에서 가장 피비린내 나는, 가장 어두운 내면의 악몽으로부터 탈출을 시도했다. 솜은 갈수록 냉정하고 무섭게, 더 심각하게 충실하지 않은 사람이 되어 갔다. 결국 마지막에 나는 자신을 더는 구제할 방법이 없도록 솜을 해쳤다. 내면 깊은 곳에 찔린 상처가 너무 깊어, 마치 가장 잔인한 원수를 마주한 것처럼 솜을 대했다. 솜은 내게 거의 파괴당한 느낌이었을 것이며, 나도 더할 나위 없었다…….

1995년 3월에 나는 파리로 다시 돌아와 공부를 계속했다. 솜은 내가 타이완을 떠나도록 설득하려고 우리의 사랑을 함께 회복하자고 약속했다. 솜은 희망을 얘기했고 각자 치유의 시간을 가지자면서 그곳에서 나를 기다리겠다고 했다. 나는 너무 가엾고 약해 빠져서 감히 솜을 한 번도 의심하지 않았다. 솜은 이미 내가 믿고 존경하고 덕이 있던 그녀가 아니었다. 예전의 솜은 이미 내 손으로 파괴했기에 그녀가 아니었던 것이다. 그래, 내가 부서뜨린 것이다. 솜이 이 먼 곳 프랑스로 오기 전, 한 달 동안 나를 향해 펼치던 그녀 내부의 아름다움을 내가 망가뜨렸다. 솜이 진정으로 내 생명을 책임지길 원치 않고 프랑스에 오기도 원치 않았다는 것(솜 자신은 결코 이 모든 것을 깨닫고 싶어 하지 않는다)을 깨달았을 때, 나는 전화선으로 솜과 솜의 사랑을 모두 돌려보냈다. 땅바닥에 내던져 버렸다. 나는 프랑스에서 혼자 살기로 마음먹고 솜을 기다리지 않기로 했다. 나는 절망에 빠져 작은 아파트에 갇혀서는 전화선도 빼 버리고 솜을 거절하고 또 거절했다……. 그때 이미 솜의 마음은 산산이 부서졌고 나를 사랑하는 마음도 날아가 버린 것이다. 솜은 한 달 안으로 서둘러 출국 준비를 하고 파리로 와서 나를 잡으려고 했다. 우리 관계를 돌이키려고 했다. 솜은 자신의 마음조차 몰랐으나, 집을 떠나고 싶지 않던 것이다!

솜에 의해 내가 죽는 마지막 하루까지 나는 솜의 진실함, 성실성, 솜의 언행일치를 믿었다. 3월 13일 타이완을 떠난 지 열흘째 날 솜은 다른 사람 집에서, 다른 사람의 침대에서 잤다. 공중전화 부스에서 나는 한순간에 죽었다. 반년 동안 쌓인 내 내적 폭발과 죽음들이 밀려왔다. 그래, 나는 죽었다……. 진정한 죽음. 불충한 사건 발생. 사망. 사망. 사건 발생.

무의식적으로 울부짖으며, 공중전화 부스의 유리나 철제 선반을 들이받았고, 무의식중에 아픈 줄도 몰랐다. 머리에서 피가 마구 흘러내렸다. 나는 전화기 너머의 솜에게 소리쳤다. (오늘 죽을 거야!) 경찰차가 왔다. 경관 네 명이 나를 끌고 가려고 했지만 나는 끝까지 전화를 하려고 버텼다. 혼란 중에 솜은 울면서 곧바로 그 집에서 떠나겠다며 집에 돌아간 뒤 바로 전화하겠다고, 곧 파리로 와서 내게 자세히 설명하겠다고 말했다. 하지만 이 모든 말은 한 마디 한 마디가 다 거짓말이었고, 더 깊이 내 생명을 위태롭게 했다. 거짓말 뒤에는 더 많은 거짓말이 있을 뿐이다. 두 명의 경관이 나를 공중전화 부스 밖으로 끌어내려 했고, 나는 죽을힘을 다해 몸부림치며 수화기를 다시 잡으려 했다. 나는 결국 프랑스 경찰서로 끌려갔다. 내 뇌는 이미 실신한 듯했다. 바닥에 주저앉은 채로 마비되었다. 수많은 발들이 나를 걷어차는데 아픈 느낌만 있을 뿐, 심한 통증은 못 느꼈다. 내가 어떻게 일어나서 어떻게 경찰서 밖으로 나왔는지, 어떻게 집에 돌아왔는지 다 잊어버렸다. 남은 것은 아주 깊은 정신의 흔적뿐. 마음속 깊은 곳에서 다그쳤다. 존엄하게 걸어서 집으로 돌아가야 한다고, 집에 가서 전화기 옆에 앉아 솜의 전화를 기다려야 한다고. 나는 집에 돌아왔으나 알 수 없는 부기와 통증으로 오장육부가 산산조각 난 듯했고 끊임없이 구토를 했다……. 그 새벽, 나는 어둠 속에서 거실 전화기 옆에 앉았다. 귓가에서는 우르릉대는 천둥소리가 났다. '너 정말 죽으려고 하니!'

귀를 자른 뒤 머리에 붕대를 감은 반 고흐의 자화상이 떠오르고 다자이 오사무가 그토록 좋아했던 「머리에 흰 붕대를 감은 아폴리네르Apollinaire」 초상이 떠올랐다.

Un homme vit avec une femme infidèle. Il la tue ou elle le tue. On ne peut pas y couper. 한 사람이 충실하지 못한 아내와 같이 산다면, 남편이 아내를 죽이든지 혹은 아내가 남편을 죽이게 된다. 피할 수 없는 일이다. ― 앙겔로풀로스 「범죄의 재구성*」

* 테오 앙겔로풀로스의 첫 번째 장편 극영화. 일을 하다 고향으로 돌아온 코스타스는 아내와 아내의 정부에 의해 살해당한다. 치정 살인 사건을 통해 한 마을이 파멸해 가는 과정을 다룬다.

열다섯 번째 편지

결혼 암흑기 :

솜이 파리에 있고,
조에도 파리에 있다.

너는 L이 나더러 늙었다고 했다며 말을 전했지. 그때 나는 곧 쏟아질 것 같은 눈물을 참지 못했다. 오늘 나는 지하철역에서 똑같은 정서, 똑같은 비애를 찾아냈다. '늙음'의 촉매제는 솜이 다시는 내 사랑을 받지 않을 것이라는 사실이다. 다시는.

옛집에서 새 한 마리를 키웠다. 그 새는 다 자랐을 때 선명한 일곱 가지 색을 드러내지만, 어릴 때는 평범한 담황색이다. 집에 있던 새는 팔색조로 변하기 전에 요절했다. 나 역시 성장하기 전에 이미 늙어 버린 할머니다.

미안해. 네 참을성을 갉아 먹고, 네 사랑을 헛되이 던져 버렸구나. 네가 예전처럼 집중해서 관심 갖고 전폭적으로 기도하기를 더 이상 원치 않은 그 순간 모든 신들의 오만은 꺾였고 침묵해야 했다.

○

…… 내 스물다섯까지의 인생을 돌이켜 보니 스스로 얻어 낸 것은 아주 드물고, 언제나 이미 다 이뤄진 것을 원했구나. 늘 다른 누군가가 나를 위해 준비해 줬는데, 우리 사랑이 그 대표 예다. 나는 언제나 네 손바닥 위로 떠받들어졌다. 너는 이 세상에서 나를 가장 총애했고, 그 총애를 믿고 나는 교만해진 것이다. 클리셰가 조용히 나를 반영한다. 텅 빈, 만져지지 않는 흔적들은 네가 나

를 사랑하고 남긴 것들이다. 네가 보내 준 편지들을 생각한다. 세상에 어떤 사람이 준 것을 도로 빼앗아 가는 황당한 일을 할까 믿기지 않아. 조에, 넌 욕심이 없었지만 너무 자만했다. 오만했다.

내 마음속에서는 네가 제멋대로 굴던때의 원망을 이미 다 쓸어버렸다. 하지만 어떻게 해야 내가 네 마음속에 만든 원망의 독을 깨끗이 없앨 수 있을지 모르겠어. 어제 저녁 너는 나를 거절하고는 화가 나서 클리시를 떠났지. 내가 편지를 주러 몽마르트르에 갔더니 넌 내가 올라갈 수 있게 허락하지 않았어. 날 잊겠다는 네 결정을 흔쾌히 따를게. 더 이상 운에 맞기지 않고 책임도 회피하지 않을 거야. 조에는 이번 생에 솜에게 빚을 졌구나. 심지어 나는 우리가 예전에 함께 나눈 것을 가질 자격이 있는지조차 모르겠다. 내 무력한 불행, 타락한 불행. 너와 관계없는 일이다. 그렇지?

조에, 힘내자. 어서 똑바로 서. 애초에 너는 떠밀려 넘어지면 안 되는 거야.

○

나는 언제나 너를 엄격한 선생님으로 봤기에, 너에 관한 많은 것들에 소홀했던 것이다.

어제 나는 클리시로 돌아왔다. 손에 잡히는 모든 물

건마다 추억이 담겨 있다. 나는 놀라면서 물건에 깃든 의미와 습관들을 살폈다. 그날 너는 몽마르트르에서 나를 보러 왔다. 온몸 가득 짐을 둘러메고 떠나려는 너는 마치 무대 위에서 이렇게 외치는 것 같았다. 클리시는 내 집이야! 오늘 나는 여기 서서 가볍게 탄식한다. 나는 집이나 한 가정을 세우는 것에 대해 정말 상상력이 부족했다. 몸을 그 안에 두고 여러 차례 수도 없이 명시와 암시를 받고도 나는 마음속으로 클리시에 진정한 '위상'을 부여하지 못했다. 나는 클리시를 지키려고 정원을 청소하고 세세한 것 하나하나를 모두 챙겼다. 그런데 왜 네가 클리시를 위해 그릇을 사고, 선반을 마련하고, 잼이나 크림 한 병 사 오는 일이 더 낫다는 것일까? 내가 한숨짓는다고 일이 해결될까? 나는 평소의 동선을 따라 습관대로 집안일을 했다. 내가 클리시에서 가사를 돌보면 '아내'의 배려와 관심을 받을 거라 생각했지만, 어쩌다가 '경솔하게 힘을 써서' 클리시를 망치고 말았다. 나는 클리시를 위해 좋게 끝내려고 했지만 발걸음은 점점 무거워지고 버리지 못한 감정이 비웃음처럼 새어 나왔다. 나는 너와 함께 클리시에게 조의를 표할 수 있다는 망상에 빠진다.

클리시는 언제나 그랬듯 죄 없이 하얗고 반듯하게 서 있다. 나에게 암묵적인 이해를 구하면서. 하지만 어떻게 하면 전할 수 있을까? 클리시는 곧 주인을 바꾸려고 하는데, 딴 사람에게 넘겨주어야 할까?

○

　나는 몰래 몽마르트르에 와서 네 책상 위에 앉았다. 여기 앉아서 실비아 창張艾嘉의 목소리를 듣는다. 작년 생일(음, 이미 재작년)에 네가 준 노래 녹음테이프에 담긴 어린 소년의 죽 한 그릇 이야기*가 생각나서 코끝이 시큰하다. 사람은 언제나 자기 성장을 위해 배워야 한다고, 반년 동안 마음에 두고 살았는데 지금 나는 여기 앉아 운다. 그 성장의 대가가 진정 이런 것이었나? 회색 털모자를 쓴 조에는 내게 무엇이 '상처'인지 묻는다. 내가 이 질문에 답하고 답을 감당하기 전에 조에는 이미 늙고 쇠약해졌다.

　어제부터 네 책상에 앉아 편지를 쓰자니 기분이 너무 좋다. 너랑 얘기하고 싶다.

●　실비아 창의 노래 「사랑의 대가代價」 중 내레이션 가사가 있다. 내용은 다음과 같다. 옛날에 한 소년이 소녀에게 말하길, 만약 내게 죽 한 그릇만 있다면 반은 엄마에게 주고 나머지 반은 네게 줄 거야. 그 말을 듣고서 소녀는 소년을 사랑하게 되었다. 하지만 어른들은 모두 애들이 무슨 사랑을 알겠냐고 말했다. 세월이 흐르고 소녀는 커서 다른 사람과 결혼했지만, 죽 한 그릇이야말로 그녀의 인생에서 가장 진정한 사랑이 담긴 의미임을 알았다.

○

　나는 너와 마주 보고 얘기할 방법이 없다. 난 나 자신이 될 수 없어. 아주 미안하다. 이렇게 돌려서 써야만 한다.

　엄마가 파리로 왔다. 나는 네게 나를 기다리라고 거듭 졸랐다. 눈이 왔던 날의 그 전화를 기억하니? 나는 방에 있었고 엄마는 거실에 있었다. 너는 전화기 너머에서 슬픔에 가득 찬 목소리로 내게 너를 보러 오지 말라고 했다. 눈발이 날리는 중이었다. 나는 전화기 이쪽에서 수화기를 꽉 쥔 채 더 이상 아무 말도 하지 못했다. 마음은 오히려 투명해져서 스스로의 모자람이 잘 보였지만, 나는 너를 눈 오는 거리에 버렸다. 처음으로 내가 벗어나려는 것이 네가 아니라 내 무능임을 보았다. 마음이 깊이 내려앉고 네 슬픔에 더 가까워졌다. 하지만 예전으로 돌아갈 수는 없었다.

　너는 내가 무능하다고 했다. 이사하면서 내 모든 것을 가져갔다. 내 편지, 내 토토, 내가 지불하고 가진 사랑, 이 모든 것을 너는 당당하게 빼앗았다. 내가 스스로 모든 것을 포기했다고 원망하지만, 너는 대체 무슨 근거로 그럴까? 네가 피해자라고 자처하는 핑계 외에, 무슨 근거로 사랑에 충실하고 위대한 순교자의 태도를 취하며 그 모든 것을 빼앗아 가니? 그것이 의문이야. 나는 이 결혼 생활에서 실패자라는 것을 한 번도 부인한 적이 없다. 이 결혼에 대한 믿음이 부족했으며 네게 잇따라 상처를 주었고, 끝없는 원한의 독을 만들었으니 내 죄도 용서받을 수 없다. 하지만 너는 무슨 근거로 내가 아무것도 가질 자격이 없다고 판단하지? 무슨 근거로 나를 단번에 무효로 만들어? 무슨 근거로?

나는 나를 좋아하는 주변 사람들에게 의지해서만 너를 보살피고 네게 필요한 최소한의 관심을 줄 수 있었는데, 그게 참 부끄러웠어. 돌아오는 반응은 무수한 원망의 독일 뿐, 나는 어찌해야 할지 몰랐다. 어쩔 줄을 몰랐어.

엄마는 내가 너에게 홀린 거라고 말했다. 나는 홀린다는 표현의 알맞음에 감탄했다. 나는 너한테 홀렸고, 네 세계에 홀렸고, 어리석고 취한 듯 한 사랑에 홀렸고, 네 눈 속의 내게 홀렸다. 너를 따라 하늘이 돌고 땅이 돌고, 예전에는 결코 상상할 수 없었던 이상적인 사랑의 에덴에 도착했다. 심장을 찌르는 사랑. 나는 또 네게 홀렸다. 솜과 함께 심연 속으로 떨어졌고, 솜에 대한 분노 속으로 떨어졌고, 제멋대로 징벌하는 솜이 유일한 생존 기회이자 출구라고 믿었다…… 지혜가 결핍된 채 사로잡혀 스스로가 불바다에 빠졌음을 깨달았을 때, 나는 우리 관계를 희생시켜 살길을 택했다. 내 이기심이 열렸고, 죄악도 열렸고, 우리는 상처투성이가 되었다…….

타이완으로 돌아가는 엄마를 배웅하고 공항을 나서며, 너는 여전히 내 손을 잡고 내 사랑을 원했다. 나는 평생토록 그 작은 동작이 지닌 풍부한 사랑의 의미를 잊지 않을 것이다. 계속 사랑하려는 결심과 그 보답으로 아무것도 추구하지 않는 용기까지도. 하지만 나는 심지어 네게조차 내가 아낀 네 행동의 의미에 대해 말할 수 없었으며, 네 앞에서 어떤 감정도 전달할 수 없었다. 왜? 대체 왜? 우리 두 사람 사이에 감정을 주고받는 일이 언제부터 이렇게 어려워졌지?

나는 내 몸 속에 있는 무정한 인자를 탐색한다. 그것이 어떻게 왜 너를 향하는지 알고 싶다. 불충한 욕망이며, 이기적인 자구책이며, 모두 용수철 같던 열정이 지친 탓이다. 사회적 지지가 부족한 탓이다.

눈이 왔던 날, 전화를 하면서 나는 깊은 슬픔 속에서 알아냈다. 얼마나 너를 사랑했는지. 나는 이곳이 내가 보살피던 영혼의 자리라고 울부짖는 것 같다. 여기에 모든 아름다움과 사랑의 근원이 있다. 하지만 얼마나 무겁고 얼마나 아픈가. 얼마나 무겁고, 얼마나 아픈가.

열여섯 번째 편지

6월 5일

○

꿈에서 로렌스의 등 뒤 엉덩이 곡선을 보았다.

로렌스는 내 몸을 훈련시켰다. 마치 프랑스에서 보낸 삼 년간 내 예술적 관능, 눈, 귀, 마음이 훈련을 받아 열렸듯 몸도 새로 태어났다⋯⋯.

그날 파티에서 처음으로 로렌스를 만난 뒤, 우리는 바스티유Bastille*에서 마레le Marais** 지구의 생 폴St. Paul 거리까지 산책을 했는데, 걷는 길 내내 등불이 환하게 빛났다. 고즈넉하고 구불구불한 골목길을 따라 횃불 같은

● 1980년대 파리 예술가들의 성지. 수공예 장인, 목공장인, 세공인들이 활동하던 거리가 있다.

●● 파리의 역사적인 LGBTQ 문화 중심지. 트렌디한 파리지앵에게 가장 인기 있는 지구 중 하나다. 파리 레즈비언 바의 대부분은 마레 지구 안에 있다.

옛날식 등불이 켜 있고, 길 양쪽에는 삼엄하고 기묘한 옛 파리의 건물들이 조화롭게 늘어서서 풍경을 돋보이게 했다. 이 구불구불한 거리 풍경 속에 다른 사람은 없었다. 로렌스는 자기 집 보물을 꿰듯 막힘없이 마레 지구의 건축사를 내게 알려 주었다. 대부분의 식당과 술집이 이미 문을 닫았음에도, 로렌스는 가게마다 서로 다른 국적과 맛과 특색을 하나하나 설명했다. 흡사 파리의 주인처럼 득의만만한 모습이었다.

— '파리 사람들이 좋아하는 파리'라면, 그건 마레 지구를 뜻하는 거야.

로렌스는 잠시 깊은 생각에 빠지더니 앙상한 아래턱을 치켜들며 전문가다운 어조로 결론을 내렸다.

— 너 파리에서 태어났니?

내가 물었다.

— 아니, 리옹Lyon 출신이야. 우리 아버지는 성채의 주인으로 꽤 명성이 높은 곤충학자이며 자선가였어. 우리 집은 토굴과 온 집안에 깔린 곤충 표본, 끝없이 떠도는 유랑자를 제외하면 기본적으로는 텅 빈 곳이지. 외로운 성이랄까. 리옹 외곽의 시골에 있는 성. 우리 집 근처에서 백 미터 밖에나 다른 집이 있어.

— 리옹이 싫어? 왜 파리까지 왔어?

나는 또 물었다.

— 파리로 와야만 했으니까.

로렌스는 약간 웃음을 머금고 나를 보았다.

— 꼭 파리로 와야만 할 일이 뭐가 있겠어?

— 왜 없겠어? 내 몸에서 일어나는 모든 일은 모두 파리가 아니면 안 되는 일들이야.

— 파리. 여자. 정치. 이런 것들 말이지?

— 그렇고말고. 파리. 여자. 정치. 모두 없어서는 안 될 것들!

로렌스는 이마에 흘러내린 가느다란 갈색 앞머리를 넘기면서 진지하게 나를 쏘아보았다. 그제야 나는 로렌스의 청록색 눈을 유심히 보게 되었다. 푸른 눈동자가 장자리를 감싼 한 겹의 녹색이 흔들렸다.

— 정말이야.

로렌스는 다시 한번 강조했다.

— 얼마나 어렸을 때부터인지 가늠할 수 없지만, 나는 특별히 정치를 좋아했어. 내게 있어 정치란 마르크스주의나 좌파, 우파 같은 것이 아니야. 이런 것들보다 간단할 수도, 더 복잡할 수도 있지. 정치는 사람과 사람 사이에서 명백하게 잘못된 일을 옳은 쪽으로 미는 것이며, 그 옳은 일을 지속적으로 관철시키는 일이지. 나는 특별히 그런 잘못된, 부조리한 일들에 대해 관심이 많다. 그런 부조리한 일들을 힘을 이용해 추진하길 좋아하는 것은 근본적으로 잘못된 것이거든. 사람들은 저마다 좋아하는 것이 다르잖아. 나는 정치를 좋아하고, 내게 있어 정치란 선택의 여지가 없는 거야. 넌 믿어지니? 대여섯 살 꼬마가 르 몽드 *Le Monde* 국제 전문 시사지라든가, 피가

로*Figaro* 같은 일간지에서 정치인의 사진을 오려 뒀다면? 글자도 채 알기 전에…….

— 그럴 수 있지! 그런데 넌 왜 파리로 왔는지 아직 말하지 않았어.

— 삼 년간의 친구, 오 년간의 연인 관계를 위해서야.

— 네 애인이 파리에 사니?

— 그녀도 리옹에 살았지. 우리는 아주 젊을 때부터 사회당 당원이었어. 사회당 리옹 지부에서 삼 년간 함께 일해 온 동료이자 친구였지. 넌 모를 거야. 그게 얼마나 만족스럽고 행복한 일인지. 나는 정치 공부를 병행하면서, 이미 사회당 리옹 지부의 특별 보좌관이 되었어. 우리 세대의 젊고 급진적이며 열정이 넘치는 청년 당원으로서 나는 거의 매일 당 지부에 드나들었고, 무슨 새로운 소식이 있는지 살피면서 무슨 일이라도 있으면 돕고, 그렇게 거의 매일 카트린*Catherine*과 마주쳤지. 그때는 학교 남자애들과 가끔 자는 것 외에는 별로 중요한 일도 없었고, 정치가 내 전부였어. 카트린과 나는 크고 작은 정치적 견해, 배려와 이상을 함께 나누었지. 우리는 사회당에 머물면서 전통적인 좌파의 이상성을 고수했고……. 아, 조에. 넌 모를 거야. 공통된 이상을 갖는다는 것이 얼마나 아름다운 일인지. 열여덟 살에서 스물한 살이 될 때까지, 나는 나보다 다섯 살이나 연상인 그녀와 최고의 친구 관계라는 것을 깨닫지 못했는데, 그 뒤로 다시는 그런 관계를 찾을 수 없었어.

— 맞아. 때론 연인보다 친구가 더 좋지.

— 우리는 함께 사회당의 전성기를 거쳤으며, 당이 점차 내리막길로 가는 것도 보았어. 올해 좌파는 또다시 대통령 자리를 우파인 공화당의 시라크에게 내주었지. 십사 년간 지속된 사회당 시대가 막을 내린 거야. 카트린은 운이 좋아. 이런 날을 볼 필요가 없으니까……. 1981년 미테랑이 처음으로 사회당으로 대통령 선거에서 승리했을 때, 나는 스물한 살이었지. 선거 결과가 공표된 날 저녁, 카트린과 나는 서로를 끌어안고 소리치고 뛰면서 눈물이 멈추지 않을 정도로 울고 웃었어. 아, 정말로 한 시대였지! 당원들은 모두 미치도록 흥분했고, 샴페인이 여기저기 터졌어. 당사 앞은 사람들이 보낸 수천 송이 꽃다발로 가득 찼고, 대강당은 물샐틈없는 인파로 북적였지. 우리는 군중 속에 파묻혔는데, 카트린이 내 귓가에 대고 큰 소리로 외치더라. "로렌스, 나 비밀이 있어. 나는 매일 밤 다른 여자들하고 잔다." 나는 카트린을 흘겨보며 말했어. "그게 무슨 비밀이라고." 카트린은 더 크게 소리쳤어. "그런데 나는 삼 년 내내 한결같이 널 원했기 때문에 다른 여자들하고는 잠을 잔 것뿐이야. 사실 내가 원하는 사람은 너야!" "어째서 지금껏 그 말을 안 했어?" "너를 완전히 잃을까 봐 겁이 났어." 말이 여기까지 이어질 쯤, 카트린은 울음을 터뜨렸어. 카트린은 어쩜 그렇게 자신을 잘 감췄을까? 어쩜 그렇게 아름다울 수 있지?

우리는 장미의 거리rue des Rosiers 긴 구간을 한참 걷다
가 모퉁이를 돌았다. 아직 시끌시끌한 이스라엘 레스토
랑에서 로렌스가 팔라펠 샌드위치를 사 왔고, 둘이 나
눠 먹으면서 길을 따라갔다.

— 우리는 파리로 도망쳤고 마레 지구에서 오 년 동
안 살았어.

— 왜 '도망'이라고 해?

— 나중에야 알게 된 사실인데, 카트린의 아버지가 우
파인 RPR 공화당의 리옹 지역 우두머리였어. 카트린의
정치적 성향은 자기 아버지와 완전히 다른 좌파였던 거
고. 그래도 둘 사이에 합의가 있어서 카트린이 사회당을
도왔던 건데, 대신 대통령 선거가 끝나면 바로 공화당
진영으로 돌아가는 게 조건이었대. 카트린의 아버지는
리옹 지역의 금융계 인물로 아주 대단한 사람이었어. 공
화당 리옹 지부의 정신적 지주였지. 그는 딸의 일거수일
투족을 엄중하게 감시했고, 딸이 나와 함께 생활하는 것
을 용인할 수 없었어. 카트린 또한 좌파 진영에 계속 머
물 수 없었기에 우리는 도망칠 수밖에 없었던 거야.

퐁 마리Pont Marie 다리를 지나 센강의 중앙에 있는 시
테Cité 섬에 도착한 뒤, 다시 섬의 유일한 횡단보도를 따
라 동쪽에서 서쪽 끝까지 걸었다. 우리는 섬의 끝에 앉
아 센강에 발을 담그고 승객이 없는 유람선을 바라보았
다. 오른쪽에는 콩포라마Conforama*가 있고, 더 가면 금빛
찬란한 루브르 궁전이 있으며, 왼쪽으로는 프랑스 국립

미술 대학과 아카데미 프랑세즈가 있다. 이곳, 종착점에 앉자 마치 파리의 심장부에 머무른 듯 무척 편안하고 감동적이다.

로렌스, 너는 파리를 사랑해. 그렇지? 너는 카트린을 사랑해. 그렇지? 너는 정치를 사랑해. 그렇지?

로렌스는 온몸의 옷을 부드럽게 벗었고, 내가 미처 깨닫기도 전에 이미 센강으로 뛰어들었다. 순식간에 로렌스가 벗은 몸으로 나를 마주보니, 내 아래는 젖었고, 심장이 속도를 더해 뛰었으며 음부는 단단해졌다. 순수한 육체의 욕구가 내 몸에 밀려온 것이다. 여자의 몸이 내게 만들어 준 첫 경험이었다. 나는 피할 생각이 없었다. 어떤 욕망인지 대면하고 싶었고, 순수한 관능이 내게 무엇을 줄 수 있는지 알고 싶었다.

원언原彦·Yuan Yan은 먼 옛날 솜을 만나기 전부터 존재했던 내 성적 욕망을 비웃었다. 내가 열다섯 살 때 이미 여성에 대한 사랑을 느꼈고 열여덟 살 때부터는 여성의 몸을 원하게 되었다고 말했기 때문이다. 원언은 낯선 여성의 몸을 보고도 성욕을 느끼는지 물었다. 나는 아니라고 말했다. 먼저 사랑에 빠진 뒤에야 (아마도 매우 빨리) 그녀의 몸을 원하게 된다고 했다. 그래서 원언은 여성에

●　프랑스의 가구, 가전 유통업체.

대한 내 성욕이 정신적인 결과라고 비웃은 것이다. 기본
적으로 정신적 사랑과 미학이 내 성욕의 전부를 지나치
게 지배하고 있으며 여성의 마음속에서 내 에로스를 발
전시키는 동시에 이 정신적인 에로스의 지배력 때문에
자연스럽게 생기는 육욕의 싹을 발아시키지 못했고, 남
성의 마음에 대한 심미적 추구를 너무 일찍 포기했다는
것이다. 원언은 내가 그를 즐겁게 해 주려고 그와 성교했
다는 것을 믿지 않았다. 원언과 잘 때, 사실 나는 속으
로 내가 사랑하는 것이 여성의 몸이라고 생각했었다. 원
언은 내가 남성의 몸에 대한 선입견과 일찌감치 주입된
거부감이 있다고 생각하며, 이성 간의 육체적 쾌락을 내
게 가르치려 들었지만 전혀 성공하지 못했다. 나는 이런
말만 했다.

　―그건 육체의 신비가 아닌 영혼에 속한 일이다!

　막 파리에 도착한 처음 몇 달 동안, 그리스 출신 친구
안도니스Andonis는 강인한 몸에 잘생긴 얼굴로 나를 원했
다. 나는 안도니스에게 여성의 몸을 원한다고 말했는데,
그는 그런 게 어디 있냐며 내가 너무 보수적이라고 비판
했다. 육체는 육체일 뿐 사람을 끌어당기고 욕망을 불러
일으키는 육체면 되지 무슨 남성의 몸, 여성의 몸 구분
이 있냐는 것이었다. 그에게 있어 성과 사랑은 완전히 다
른 두 가지 관능이며 성은 충동적인 육체의 쾌락(자기
하체를 가리킴)이고, 사랑은 감정적인 영혼의 기쁨(자기
가슴을 가리킴)인데 이 두 가지는 기본적으로 독립된

통로로 열리지만, 둘이 합쳐지면 최고라고 말했다. 안도니스는 나를 좋아했지만 좌절했다.

―내 몸이 충분히 아름답지 않아서야?

나는 머리를 흔들었다.

―조에, 어쩌면 넌 단순한 육욕의 아름다움을 모르는지도 몰라. 너는 술의 신 디오니소스가 무엇인지 경험하지 못했어. 나는 네가 사랑했던 여자들 중에 너보다 더 큰 에너지로 널 주신이 있는 곳에 데려간 사람이 있을 거라고 믿기지 않아.

안도니스는 심사가 뒤틀린 듯 담 모퉁이에 앉았다.

―조에, 조에라는 이름은 그리스 문자에서 '생명'이란 뜻이잖아. 넌 정말 조에를 알고 있어?

두 사람의 말은 부분적으로만 맞았다. 나를 주신 쪽으로 데려간 사람은 여성이었다.

○

희미한 어둠 속, 나는 로렌스가 센강에서 머리를 유혹하듯 흔드는 것을 보았다. 평소 그녀가 말을 하다 격해지면 이마에 흘러내린 앞머리를 양쪽으로 쓸어 올리는 습관과 닮아 보였다. 로렌스는 물속에서나 땅에서나 똑같이 자신을 위해 쉼표를 찍었다……. 로렌스의 피부는 햇볕에 고르게 탄 옅은 커피색으로, 갈색 머리카락보다 밝고 더 부드러우며 윤기가 흘렀다. 빛나는 초록이 나무에 온통 물든 봄날, 나뭇잎이 풍요롭게 춤추는 센 강 양안, 인류 문화의 최고작인 파리의 조명 예술 아래 로렌스는 마치 천만 조각으로 떨리는 황금 나뭇잎 사이에서 도약하듯 빛을 찾아 역주행하는 물고기와 같았다. 척추를 구부려 헤엄칠 때 빈틈없이 탱탱한 그녀의 엉덩이 곡선이 드러났다. 강물이 등줄기를 타고 흘러갔다. 나는 두 손으로 그 곡선을 만지고 싶었고, 입술로 빨고 싶었고, 뜨거워진 음부를 그녀 등줄기에 밀착시키고 싶었다. 그녀가 누구든……. 배영을 할 때는 강물이 가슴 모양대로 소리 없이 갈라졌다. 젖꼭지가 날렵하게 선 것을 보니 그녀가 흥분한 것 같았다. 허리 근육은 공기를 따라 오르내리며 수축되었다. 마치 바람이 소용돌이쳐 물고기의 흐름을 짜듯 로렌스의 아름다운 선은 강물을 방직하는 듯 보였다.

원언 : 남자의 몸은 아름답지 않니? 남자의 음경이 발기해서 떨리고 사정하는 아름다움을 모르는 거야? 남자 몸의 아름다움으로는 네 영혼을 사로잡을 수 없는 거니?

원언. 나도 남자의 아름다움을 볼 수는 있지만, 아마도 여자의 섬세한 아름다움에 마음이 더 움직이도록 타고난 모양이다.

안도니스 : 남자의 근육이 흥분할 때 생기는 힘만이 네 몸을 깨울 수 있어. 너는 아주 용감하고 아주 강력한

여성이기 때문이지!

맞아. 안도니스, 네가 믿는 것이 결코 틀린 것은 아니다. 과거에 나는 디오니소스를 향해 내 몸에 잠재된 힘을 이끌 수 있을 만큼 충분히 힘이 있는 여자를 만나지 못했다. 네 말은 사실이지만, 그것은 남성성의 문제가 아니다.

로렌스의 몸은 너무 자유롭고 힘이 있으며, 내 몸을 훨씬 뛰어넘었다. 관능적이며 성적인 그녀의 몸은 마치 모든 세부 하나하나가 내 동의와 찬사를 거쳐 설계된 것만 같았다. 그녀가 누구든 내 몸은 격렬하게 그녀의 몸을 원했으며, 자유롭고 힘찬 그녀의 내부로 들어가길 갈망했다. 나 자신의 자유로움과 힘이 그녀에 의해 더 증폭되어 활짝 열리길 갈망했고, 두 육체가 서로 대칭이 되어 자유롭고 힘 있게 날아올라 겨루길 갈망했다…….

그때부터 나는 깨달았다. 열정은 성욕의 표현이 아니며 격렬하고 덧없는 감정적인 욕망도 아니다. 열정은 일종의 성격이며, 한 사람의 생명을 전면적으로 강력하게 사랑하는 인격의 역량이다.

로렌스의 완전한 자유로움과 힘은 그녀의 열정으로부터 나온 것이다. 이런 그녀의 열정은 내가 가진 열정과 맞아떨어졌으며 심지어 나보다 더 강했다. 로렌스를 한번 만지기만 해도 긴장감이 고조되고, 마치 내 몸이 한순간 성숙해져서 욕망의 물결로 가득 차는 듯했다.

그래. 양Positive — 음Passive 의 측면에서 로렌스의 열정은 나보다 더 양에 가까웠다. 로렌스의 열정은 더 충만하고 견실해서 내 몸이 그녀에게 닿았을 때 과거에 성숙하지 않았던 모든 틈을 메우며 성숙하게 만들었다. 이런 틈은 과거에 내 여성으로서의 몸에 남성의 몸이 들어올 때나 내가 한 여성의 몸을 뜨겁게 사랑할 때 언제고 드러난 적 없는 틈이었다. 하지만 이것은 내 생명에 대한 열정을 격렬하게 폭발하게 만든 그 소동의 근원이었다.

열정. 그것은 남성의 몸도 아니고 여성의 몸도 아니다. 성기의 삽입이나 수용도 아니다. 육체의 강약이나 분비물의 양도 아니다. 열정은 사람이 타인이나 외부 세계에 표출하는 강약의 형식이 아닌 것이다. 열정은 자질이다. 사람이 내부 세계를 개방하는 능력이며, 인간성이다. 인류 사회에서 내가 추구하는 열정의 유형은 거의 나 자신의 모습과 같은 것으로, 반드시 남성의 몸에 있거나 여성의 몸에 있는 것이 아니다. 로렌스를 만나기 전까지 나는 반드시 여성의 몸이어야 한다고 생각했다. 로렌스가 내 몸을 성숙하게 만들었을 때 나는 비로소 꼭 여성일 필요가 없다는 것을 알게 되었다. 그녀의 열정적인 인간성이 내 열정에 부딪히며 잠재된 힘을 해방시켰기 때문이다. 그녀는 단지 여성이 아니었다.

로렌스는 내가 소설을 쓰는 중이라는 것을 알고, 이틀에서 사흘 간격으로 우리 집에 찾아왔다. 3월에는 센터에서 '동성애 영화제'를 사전 준비했고 창작 극본을 모집했으며 에이즈 기금 마련을 위한 파티 준비로 분주했다. 또 5월에는 '에이즈 환자 지원을 위한 마라톤'으로 바빴고, 6월 말에 있는 '동성 커플의 날'은 그녀를 더 바쁘게 할 것이다. 로렌스는 설립된 지 일 년도 채 되지 않은 '동성애 센터'의 활동가일 뿐만 아니라 사회당 파리 총본부의 행정 보좌관인데, 5월 리오넬 조스팽Lionel Jospin의 대통령 경선으로 너무 바빠서 위장병이 악화되는 바람에 며칠 동안 우리 집에 피신해 있기도 했다. 선거 결과가 발표된 5월 14일 밤, 로렌스는 우파 공화당 후보 시라크가 조스팽을 이겼다는 소식을 듣고 침대에서 벌떡 일어나 텔레비전과 라디오를 모두 껐다.

— *끝났어. 모두 끝나 버렸어. 내 십칠 년을 바친 사회당은 앞으로 다신 없을 거야.*

로렌스는 내 책상으로 다가와 내가 손으로 쓴 원고를 넘기더니 내 소설을 중국어로 낭송해 달라고 간곡히 부탁했다. 나는 첫 번째 글부터 열 번째 글까지는 이미 우편으로 보냈고 갖고 있는 원고는 다섯 번째 글과 열한 번째 글, 그리고 지금 쓰는 중인 열여섯 번째 글이 전부라고 말했다. 로렌스는 괜찮다고 하면서, 자신이 죽어 지하 세계에 가더라도 들리도록 읽어 달라고 했다. 로렌스는 내 까만 작업 의자에 앉았고 나는 카펫 위에 앉았다. 원고를 그녀 무릎 위에 펼쳐 놓고 한 장씩 읽어 내려갔다. 중국어를 전혀 모르는 로렌스는 조용히 들으면서 심지어 숨소리조차 조심하며 이따금 머리만 긁적였다.

─소설 다 쓰면 내가 널 그리스로 데려갈게. 어때?

내가 마지막 구절을 읽은 뒤에 로렌스가 입을 열었다.

우리는 살금살금 걸어 욕실로 들어갔다. 물이 우리
두 사람의 벗은 몸을 흠뻑 적셨다. 로렌스는 내 온몸, 두
귀와 머리 모근, 목, 젖꼭지, 배꼽, 아랫배, 음모, 음부와
등까지 키스했다…… 그녀는 항상 나를 먼저 의자에 앉
힌 다음 뜨거운 혀로 온몸을 핥아 내 몸을 충분히 흥분
시켰고, 내가 그녀를 간절하게 원할 때 내 손을 천천히
잡아끌고 침대로 향했다. 로렌스의 팔뚝은 길고 강력해
서 그녀가 내 몸을 휘감을 때는 그 힘이 마치 내 영혼을
밀어낼 것 같았다. 로렌스는 내 귀에 대고 프랑스어로
끈적끈적하고 달콤한 말들을 속삭였다. 그녀의 혀는 좀
처럼 만나기 드문 것으로 혀끝에 전류가 흘렀다. 로렌스
가 나를 휘감을 때 내 영혼은 날아올랐다. 타르코프스
키의 마지막 영화 「희생Sacrifice」에서 한 노인이 마리아에
게 구원을 청하는 장면이 스친다. 마리아가 몸으로 노인
을 위로하자 두 사람의 몸은 침대 위로 날아올랐지……

로렌스는 자기 음부를 내 것에 닿게 하는 적당한 때
를 알았으며, 한순간 나를 움직여 오르가슴에 도달하게
했다. 또 그녀는 자기 몸의 격동이 어떤 상태에 도달했
을 때 내 몸 아래로 뚫고 들어와야 하는지 알았다. 로렌
스는 마치 작은 뱀처럼 신속하게 파고들어서 가장 넓은
내 유역 사이를 미끄러지며 다녔다. 또 그녀는 어떤 음
률을 따라 언제 내 질 사이로 진입할지를 알았다. 오묘

한 곡선과 주름, 도랑 사이를 샅샅이 스치고 다니며 흥분의 가파른 언덕을 올라 갑자기 새빨간 깃발을 꽂으면, 성모 마리아의 풍성한 꽃이 무성 생식으로 피어나 비좁은 궁전에서 거듭 솟아올랐다.

— 카트린은 내가 선물한 골동품 비수로 자기 목을 그어 죽었어. 1987년 6월 6일 정오에 리옹 병원의 병상에서 생을 마쳤지. 서른두 살의 나이로. 카트린이 막 첫 번째 남자아이를 출산하고 병원에서 요양하던 두 번째 주였어.

파리에 온 지 오 년째 되던 해야. 어느 날 퇴근해서 돌아오니 카트린과 내 동료인 다른 여자가 알몸으로 내 침대 위에 있었어. 알고 보니 둘의 관계는 이미 나 몰래 일 년 동안 진행됐더군. 그날 밤, 나는 더 이상 아무 말도 하지 않았어. 무릎 꿇고 울면서 용서를 비는 카트린을 외면한 채 짐을 싸고 택시를 불렀지. 당일로 파리를 떠나 좀 더 북쪽에 있는 도시 릴리로 이사했고, 다시는 카트린과 연락하지 않았어. 나중에 친구들로부터 그녀가 리옹 본가로 돌아갔고 아버지가 정한 정치적 결혼을 받아들였다는 소식을 들었지. 어린 시절 함께 놀던 친구로, 세도가의 아들이자 장차 아버지의 공화당 세력을 이어받을 남자와 결혼한 거야. 릴리에서의 일 년 동안 나는 완전히 갇힌 채 홀로 지냈어. 매일 베란다에 앉아서 일출과 일몰을 지켜봤고 두 번 자살을 시도했다가 집주인에게 구조되었지. 당시에 나는 내가 세상과 화해할 수 있을지 자신이 없었고, 스스로를 구원해서 계속 살아갈 믿음이 없었으니까……. 나만의 성실한 개성을 너무 잘 알았고 세상은 너무 우매하고 추했으며 이러한 충돌에 대해 나는 거의 무기력했단다.

일 년여 지난 뒤 카트린은 아이를 출산했어. 그녀가 한번 보러 오길 청했다고 집안사람에게 전해 들었지. 6월 5일 정오에 카트린이 가장 좋아하는 샴페인색 장미를 한 아름 안고 그녀의 병실로 들어갔어. 아무 말도 없이 꽃을 꽂아 두고 잠시 동안 묵묵히 앉았다가 일어서며 가겠다는 표시를 했지. 카트린의 양쪽 뺨에 입맞춤을 하며 작별을 고할 때 나는 조용히 한마디만 남겼어.

"Je t'emmerde beaucoup!" 네가 미워 죽겠다.

열일곱 번째 편지

6월 11일

○

첫 주 동안 나는 거의 먹지 못했다. 영은 매일 온갖 지혜를 짜내서 직접 요리를 하거나 나를 식당에 데려가서 여러 음식을 먹였다. 매 끼니 때마다 영은 주의 깊게 나를 살폈다. 고개 숙여 밥을 먹을 때조차 눈으로 몰래 나를 주시하고 내가 음식을 잘 넘기는지, 좋아하는지를 살펴보는 것이다. 영은 웃으면서 말했다. "네가 먹을 수만 있다면 내가 파산을 하더라도 무엇이든 먹여 줄게." 영은 이렇게 대놓고 관심을 표현할 줄 아는 사람이 아니었다. 심지어 그녀는 모두 반대로 말했다. 영을 알게 된 오 년 전부터 여태껏 기억 속에 사랑한다는 말은 단 한마디도 찾을 수 없다. 머릿속 창고에 쌓인 대부분의 말들은 모두 감정이 없는 말, 더 심하게는 냉정한 말, 심지어는 냉정한 말로 인해 서로 다툰 말뿐. 하지만 한 사람의 마음을 제대로 알려면, 그 말보다 행동을 볼 일이다.

이런 원칙은 영처럼 특별한 사람에게 해당하는 것으로 정말로 틀림없이 그랬다. 이런 사실을 알기까지 나 또한 긴긴 시간이 걸렸다.

밥 먹기가 너무 힘들다. 어떤 때는 반찬 한 입을 삼키자 바로 구토증이 생겨 거의 모두를 토하고 만다. 영은 이 모두를 침착하게 바라보았다. 나를 걱정하고 우울에 잠기기보다 생각에 집중하는 영의 번득이는 눈빛을 느낄 수 있다. (내가 매우 좋아하는 그녀의 눈빛 중 하나다.) 나는 영이 나를 살리겠다고 결심한 것을 느꼈다. 일체의 대가를 계산하지 않고 내 몸을 살리려고 하며 내 몸이 음식을 먹을 수 있도록, 다시 잠을 잘 수 있도록, 다시 살아갈 수 있도록 나를 구하려고 한다. 장기적인 우울 상태는 이미 얼마나 거슬러 올라가야 할지 알수 없는 오래전부터 시작되었지만 최근 일 년 동안 더 정교한 증세로 발전되었다. 거식증과 불면증이 조금씩 내 생활의 내용을 텅 비게 했고, 내 삶의 피와 살을 말렸다. 이 빌어먹을 둘은 죽음의 신이 보낸 졸개들처럼 파견되어 지난 일 년 동안 내 몸에 따라붙었으며, 내가 결정적인 위기에 처하기를 기다렸다.

그날의 석양빛을 잊지 못한다. 작은 카페의 이 층에서 나는 힘을 짜내서 영에게 말했다. 내가 도쿄로 너를 만나러 온 이유는 내 삶의 가장 깊은 곳을 오직 너만 이해할 수 있고, 너와만 관련이 있기 때문이라고. 내가 가장 비참할 때 오직 너만 믿을 수 있고 너만이 알 수 있다고 믿기에, 내 삶의 마지막 순간을 너와 함께 하고 싶었다고. 오직 너를 만나고 싶었으며, 너만이 내게 의욕을 줄 수 있고, 살아갈 용기를 줄 수 있다고. 너를 위해 살고 싶었고, 너를 위해 자신감과 용기를 갖고 싶었고, 살아서 너를 보살피고 싶다고……. 영은 눈을 반짝이며 나를 바라보았다. 창밖 하늘은 이미 저물녘 황혼에서 칠흑같은 어둠으로 바뀌었다.

우리는 카페에서 나와 손을 잡고 이슬비 속을 걸었다. 좁디좁은 길에 아기자기한 일본식 선술집들과 밤을 맞아 분주히게 문을 닫는 작은 가게들이 즐비했다. 참 따뜻한 밤이었다.

우리는 이어서 아늑한 스시 집으로 들어갔다. 꽤 많은 사람들이 타원형 초밥 테이블을 둘러싸고 다리 긴 의자에 앉았고, 흰 모자를 쓰고 흰 제복을 입은 요리사가 중앙에 서서 미소를 머금은 채 손님들에게 스시를 만들어 내놓았다. 요리사의 솜씨는 빠르고 정교해서 각양각색의 스시를 회전 테이블에 올리는 모습이 마치 손님들 앞에서 성대한 춤을 추는 것 같았다. 가게는 장방형으로, 정면을 향한 요리사의 측면에 한 무리의 사람들이 조용히 대기하는 중이었고, 영과 나도 대기 무리 중에 끼었다. 몇 명의 보조가 손님이 주문한 메뉴를 소리쳐 불렀고, 시끌벅적하고 밀폐된 공간에서 더러는 바쁘고 다급하게 움직였다. 일본인들 모두 각자의 슬픔을 몸안의 정해진 곳에 가둬 둔 모양인지……. 나는 모아 쥔

두 손을 두 무릎 위에 올려놓고 어색하게 앉아서 감히 고개를 돌려 옆에 앉은 영을 보지 못했으며 함부로 움직이지도 못했다. 한 번 까닥했다가 미처 흡수하지 못한 행복이 흩어질까 봐 겁이 났다. 결혼식장에 선 수줍은 신부나 신랑처럼 머리 꼭대기에 일곱 빛깔의 꽃가루가 휘날렸다.

— 네게 입 맞추고 싶어.

나는 아주 작게 속삭였다.

— 좋아.

— 그런데 못 하겠어.

자리에 앉자 영은 세심하게 내 입맛에 맞는 것과 내가 삼킬 수 있는 것을 골라 주었다. 한 접시에 두 개의 초밥이 놓이면, 영은 먼저 접시에서 하나를 맛본 후 나머지 스시 안에서 고추냉이를 덜어 내고 내가 무서워하는 생선 가시를 살핀 다음 젓가락을 내려놓고 나를 지켜봤다. 일일이 함께하면서 내가 잘 처리된 스시를 오래 씹고 천천히 삼켜 소화시킨 뒤에야, 영은 다시 앞 테이블에서 새로운 스시를 골랐다.

우리가 헤어진 삼 년 동안 시공간의 단절이 있었다. 사랑하는 한 쌍의 사람들이 무정하게 떨어져 지낸 사이에 영은 확실히 성장했다. 묵묵하게 한 생명을 거둘 수 있는 어른으로 성장한 것이다. 영에게는 말이 필요 없다. 말을 하되 정감 어린 말이 아닐지라도, 영은 나를 배려하는 세심함을 행동으로 옮겼다. 내가 가장 시들어 초

췌할 때 영은 내 가장 힘든 인생의 톱니바퀴를 밀어 움직이게 하려고 온 힘을 다했다. 사랑받는다는 것을 깊이 느꼈다.

— 행복과 아름다움은 어디에나 늘 있는 법이지.

나는 혼잣말로 중얼거렸다. 우리는 어깨를 나란히 하고 취한 듯 아련한 밤의 풍경 속을 걸어가며 집으로 돌아가는 역으로 향했다.

도쿄에 머무르던 삼 주 동안, 때마침 벚꽃이 만개했다.

영은 내가 하루 종일 십에 있으면 몸이 상할까 걱정해 해 질 녘이면 언제나 나를 데리고 산책을 했다. 또 오후에는 자전거를 타고 역까지 나가서 전철을 타고 나다니며 잡다한 일을 본다거나 비 오는 밤에는 흥얼흥얼 노래 부르며 자전거를 몰고 숙소로 돌아오기도 했다. 벚꽃이 피기 며칠 전 우리는 가지의 변화를 헤아렸다. 꽃봉오리가 피기 시작하자, 영은 내게 벚꽃이 피어오르는 모양을 매일매일 관찰하도록 했다. 기억하기로 우리는 넓은 전원주택 단지를 돌았고, 오솔길을 빙빙 돌았고, 다시 쇠락한 골목길을 돌다가 자전거를 타고 직선으로 뻗은 황량한 도로를 달려 시내 근교의 작은 마을에 다다랐다. 마을 시장 안이 온통 떠들썩하고 붐벼 도쿄 도심 한가운데의 거리, 군중, 노점의 물건들, 차량, 공기의 느낌을 닮았다…… 이런 길을 오랫동안 서로를 알고 지냈던 두 사람, 한때 서로를 사랑하다 헤어지고 다시 만난 두 사람이 낡은 자전거를 타고 여행했다. 인생의 중요한 접점에서 꽃이 만발하는 계절에 어떤 모험을 기대하며 무엇을 찾아 돌아다녔을까? 고향을 떠나, 사랑하는 가족과 친구들을 멀리 떠나, 각자 다른 낯선 나라로 떠났다가 다시 만난 두 사람은 낯선 도로에서 함께 지치도록 자전거를 탔다. 그중 한 사람은 죽음에 임박한 운명인데, 우리는 과연 어떤 모습을 추방시키고 유랑하고 회귀했을까?

일종의 여정이었다. 타이베이에서도, 파리에서도, 도쿄에서도 영과 나 사이의 여정을 제대로 살핀 적이 없었다. 오 년 동안, 영과의 여정은 언제나 팔다리가 없는 형체로 안개 속의 풍경처럼 모호하기만 했다. 끝없는 고통, 슬픔, 좌절, 인내, 침묵과 이별의 여정이었다. 우리 안의 눈물과 울음소리마저 추출한, 긴긴 진공의 여정……

사람과 사람 사이에 피할 수 없는 필연적인 연관성이 있을까? 나와 필연적인 연관성을 지닌 한 사람이 세상 끝 어디에 존재해서 나를 찾아 주길 원하는 것일까? 팔 년 동안, 나는 언제나 이 질문들을 나 자신에게 던져 왔다.

한 친구는 내게 인생은 거대한 우연으로 이루어진다고 말했다. 만일 필연성이 있다고 믿는다면 내 환상에 불과하다고 했다. 내가 여전히 내 생명에 무슨 필연적인 가치와 의미가 있다고 믿는다면, 나는 현대성이 크게 부족하고 고전적인 경향이 있는 것이다. 그럼에도 나는 필연성을 믿는다. 나는 자주 필연성의 와해에 의해 무너졌고 한 차례 또 한 차례 더 철저하게 무너져 결국 남김없이 절멸했지만, 그럼에도? 영, 나는 담대하고 용맹한 도박꾼일까?

돌아오는 길, 우리는 자전거를 끌고 각자 차도의 좌우로 걸었다. 곧게 뻗은 그 황량하고 넓은 도로를 걷다 보니, 붉은 석양빛에 멀리 과수원이 반짝였고, 더 멀리 오히려 비할 수 없이 선명한 붉은 빛이, 영의 얼굴을 더욱 앳되고 아름답게 비추었다. 항상 영과 함께 황혼 아래를 나란히 걸을 수 있다면, 내 인생도 아주 괜찮을 것이다.

나는 영이 공항으로 나를 배웅하는 것을 원치 않았다. 영과 이별하는 상황을 또다시 겪고 싶지 않았기 때문이다. 나는 신주쿠에서 공항으로 가는 고속철을 직접 찾아 비행기를 타고 파리로 돌아왔다. (만일 도쿄에 큰 지진이 다시 일어나서 사람들이 모두 신분을 잃는다면, 그 재건을 위한 행렬 속에서 나는 내 이름을 말하지 않을 것이다. 나는 네가 군중 속에서 나를 직접 찾아데려 가지 않는 한, 절대 입을 열지 않겠다. 내가 입을 열지 않아도, 너는 나를 알아보겠지?) 귓가에 영의 목소리가 다시 울려 퍼졌다. 달리는 고속철 유리창 너머로 영의 얼굴이 떠올랐다. 눈물이 뚝뚝 떨어졌다. 참았던 울음이 걷잡을 수 없이 터져 나왔다…….

열여덟 번째 편지

달콤한 연애기 :

솜이 타이완에 있고,
조에도 타이완에 있다.

『시경詩經』 패풍邶風 · 북소리擊鼓

죽음과 삶을 함께 하자고
언약했네.
그대의 손을 잡고
그대와 함께 늙어가려 했네.*

● 　시경의 국풍國風편 중 북쪽 땅인 패邶 지역의 시 '북소리'에 나오는 한 구
　　절이다. 전쟁에 나간 남편이 전쟁의 무자비함을 한탄하며 아내를 그리워하
　　는 시다. 북소리는 전쟁에서 진격을 알리는 소리로 죽음의 그림자가 가까이
　　왔음을 상징한다.

열아홉 번째 편지

황금 맹세기 :

솜이 타이완에 있고,
조에는 여행 중이다.

새벽 2시 58분부터 한 시간마다 오 분씩 잠에서 깼다. 너와 함께 일어나 짐을 싸고, 차를 타고, 창밖을 보았다. 온통 어둠에 잠긴 지아난嘉南 평원이 보였다. 중정 공항*에 도착해 자리를 잡은 뒤 8시까지 기다렸다가 관내로 들어갔다. 기다리는 사이에 가족들과 작별 인사를 나누려고 전화했을 것이고, 아침을 먹거나 졸기도 했을 것이다. 마침내 8시 반 비행기가 이륙하는 시각에 나는 공항 보안 요원에 의해 탑승구 밖으로 밀려났으며, 너는 결국 나를 등지고 다시는 뒤돌아볼 수 없게 사라졌다.

너와 함께 비행기를 타고, 함께 탑승권을 승무원에게 보여 주고, 함께 맛없는 기내식을 먹고, 함께 승무원에게 음료수를 청하고, 함께 나란히 앉아 얘기를 나누고, 네 어깨에 몸을 기대어 네 책 읽는 소리를 듣다가 잠들고, 다시 깨어 음악을 듣고, 영화를 보고, 화장실을 가고……. 너도 잠들었다가 다시 깨어 함께 처음보다는 좀 더 맛있는 기내식을 먹고, 함께 창밖의 구름이 바뀌는 모습이나 날씨를 보며 기장이 홍콩에 도착했습니다, 말레이시아에 도착했습니다, 파리에 도착했습니다, 하고 방송하는 소리를 함께 듣고 싶다.

내가 생각을 너무 많이 하나? 나는 사실 너와 함께 그냥 비행기를 타고 싶을 뿐이야.

● 　현 타오위안桃園 공항

○

Around the world 세계를 돌면서

I've searched for you 너를 찾아다녔어

I traveled on When hope was gone 희망이 없을 때부터 다녔지

To keep a rendezvous 만나기 위해서

I know, somewhere, sometime, somehow 알아, 어디선가, 언젠가, 어떻게든

You'd look at me 네가 나를 보는 걸

And I would see 난 볼 수 있겠지

The smile you're smiling now 네가 짓는 미소

It might have been 넌 어쩌면

In country town 전원생활을 하거나

Or in New York 뉴욕에 있거나

In gay Paree 즐거운 파리에 있거나

Or even London Town 런던에 있겠지

No more will I 더 이상은 없구나

Go all around the world 돌아볼 곳

For I have found 찾아냈으니

My world 내 세상을

In you. 네 안에서

—「Around the World」*

1992년 말, 나는 네 덕분에 세 달 동안 내 삶을 누렸다.

○

스물한 발의 깜짝 축포 중에 처음 네 발(파리의 편지, 음악가의 계보가 실린 나무 포스터, 클림트 엽서와 사진)이 명중했다. 하늘은 이미 불꽃으로 가득하고, 축제는 이미 시작되었다. 조에가 나를 위해 준비한 3월의 축제다. 나는 이미 경건하게 축제를 보낼 준비를 마쳤다. 마치 응애응애 우는 갓난아기가 눈 뜬 것처럼.

나는 나무 포스터를 방 안에 펼쳤다. 내가 아는 음악가들을 찾아보면서 나도 모르게 하흔수何欣穗·Her Sheen Sway의 노래 「우리는 즐겁게 앞으로 나아간다」를 흥얼거렸다. 내 목소리가 너무 깨끗하게 들려서 깜짝 놀랐다. 클림트 그림 속 여자가 입은 황금빛 옷처럼 마음이 반짝

● 「세계를 돌면서 Around the World」는 1956년 영화 「80일간의 세계 일주」의 주제곡이다. 해롤드 애덤슨이 작사하고 빅터 영이 작곡한 곡으로 빙 크로스비, 냇 킹 콜, 프랭크 시나트라 등 당대 최고의 가수들이 불렀다.

였다. 행복이란 이런 거구나. 스물한 발의 깜짝 축포가 다 터지고 나면 나는 어떻게 될까?

사진을 보고서야 내가 얼마나 오랫동안 너를 못 봤는지 알았다. 상처가 정말 아직도 빨갛게 보이네. 육복六福 여관으로 돌아가 네 상처를 자세히 살펴보고 싶다. 넌 여전히 커다란 가방을 메고 섰구나. 새 안경은 멋스럽지만 제대로 잘 닦지 않은 듯 보여. 나폴레옹 동상 아래에서 찍은 사진이 마음에 쏙 드는데, 위로 뛰어오른 건지 아래로 뛰어내린 건지 알 수가 없다. 몸의 선이 굉장히 멋지고 표정도 아주 좋다. 사실 나폴레옹 다리에서 찍은 모든 사진이 너무너무 멋져. 퐁피두 센터에서도 그렇고. 뒤샹의 변기**, 그 사진의 눈빛도 아주 깊어. 와, 너는 레 알Les Halles*** 에 있구나. 사람들과 꼭 껴안고 뺨을 맞대기도 했네. 너 손톱도 깎았구나. 조에, 나는 정말 오래오래 너를 못 만났어!

잘 자, 조에. 오늘 밤엔 너를 보고 들으면서 잠들 거야. (내 베개 밑에는 백만 개의 보물이 있어.)

●●   프랑스의 전위 미술가인 마르셀 뒤샹의 작품 「샘」.

●●●   레 알 지구. 파리에서 역사상 가장 활기찬 공간인 중앙 시장이 위치한 곳이다. 심야 식당으로도 유명하다.

○

괜히 네게 말했나 봐. 내 눈 때문에 너를 걱정시켰구나. 걱정하지 마. 너를 위해 나는 내 눈을 애지중지할 거야.

사랑에 대해서 다시 말해 보라고? 쓰다 보니 자꾸 웃음이 터진다. 넌 내가 매일 사랑에 대해 말하는 걸 모르니? 오늘 버스 안에서 생각했어. 나는 너를 꾸준히 사랑하는 게 아니야. 너를 점점 더 사랑하는 것도 아니지. 매일매일 너와 사랑에 빠지는 거야. 이상하지 않아? 내가 네게 가장 주고 싶은 것은 하나의 집이다. 추상적이면서 또 구체적인 것으로, 네게 가장 주고 싶은 편지는 '집안이 이러저러하고 어떻다'고 시시콜콜 전하는 보통의 가정사 편지야. 오로지 너를 위한 집을 짓고 싶다는 마음이지. 네가 돌아오든 말든, 원하든 말든, 아끼든 말든, 상관없이 늘 그곳에 있는 아주 편안한 집을.

내 아픈 눈 어머니*가 나머지 한쪽마저 이틀 동안 연달아 아프시니 큰 걱정이야. 견딜 수 없다고 생각하다 보면 다시금 네가 떠오른다. 조에, 내게 무슨 일이 생긴다면 너는 어떻게 될까? 예전에 네가 말했지. 너는 평후澎湖섬으로 가서 내게 줄 사백 통의 편지를 쓸 거라고. 지

●   아픈 눈을 높여 '눈 어머니'라고 쓴 것.

244

금은 어때? 너는 한없이 부드럽게 운명이 정한 것을 받아들이겠지? 따뜻하게 내 곁에 있어 줄래? 가장 마음에 걸리는 건 너일 거야. 나는 아직 네게 집을 주지 못했으니! 참고 일하느라 노력 중이야. 알고 있니? 하지만 이틀 전 하늘이 내게 기회를 안 주려고 하는 걸 빤히 지켜보았어. 바로 이렇게! 너를 위해 일찍 자고 눈을 쉬어야겠다.

○

나 혼자 방에 있으면 완전히 네 시공간에 속한 듯 느껴져서 여기 계속 머무르고 싶어. 눈물이 흐르게 내버려 둔다…….

전화를 걸 때마다 너의 따뜻한 몸이 생각났다. 귀가 후에 저녁을 먹고 베개를 안고 잠들었다가, 자정이 되면 일어나 그 편안함을 누린다. 전화기는 바로 내 손 옆에 있고, 나는 말 없는 통화를 하고 싶다. 네가 전화기 너머에 있다면 나는 전화기를 베고 자도 좋아.

사실 내가 원하는 것은 조용히 하루하루를 보내는 것뿐이야. 조용히 바이크 뒤에 앉아 네가 말하는 것을 듣고, 조용히 네가 내 외투의 단추를 잠가 주고, 조용히 네게 기대고, 조용히 네 머리를 쓰다듬고, 조용히 손가락으로 네 머리칼을 빗어 내리고, 조용히 너와 함께 책을 정리하고, 조용히 네가 좋아하는 것을, 또 내가 좋아하는 것을, 아니면 우리 둘 다 좋아하는 것을 함께하길 원한다. 정말 이게 다야. 안 돼? 네가 원치 않는 게 아니라면 우린 이걸 해야 해.

잘 자, 조에. 지바고^{Zhivago}식[•] 밤에.

○

아마 네가 돌아온다는 말로 유혹해서 그랬을 거야. 사무실에서 나왔더니 너와 디오^{Dio}가 나를 기다리는 것 같고, 네 웃는 모습을 본 것 같더라. 하늘과 땅이 모두 새하얗게 바뀐 듯 행복했어. 사랑해, 조에. 내 말 듣고 있니?

서둘러 집으로 돌아와서 샤워를 하고 머리도 감았어. 깨끗하게 씻고서 네게 편지를 쓰고 싶었거든. 네게 아주 깨끗한 나를 주는 것은 마치 새하얀 땅을 찾아 그 위에다 너에 대한 사랑을 짓길 바라는 것과 같아.

잘 자, 조에. 넌 나를 만족시켜.

● 사랑하는 두 연인이 만나지 못하고 멀리 떨어져 있는 상황을 말한다.

○

넌 미쳤어. 네가 아주 행복하다고 쓴 편지를 열었을 때, 처음부터 경계했어야 했어. 이 추위에 파카도 입지 않고 밖으로 뛰쳐나가서 콧물도 풀어 대고 부들부들 떨다가 발까지 삐끗했다고. 너는 나를 미치게 하려고 작정을 했구나? 너 때문에 안타까워 죽겠다. 너 때문에 화가 나서 죽겠다. 네가 걱정되어 죽겠다…….

퇴근 후에 신성난루^{新生南路}를 따라 걷다가 시보광장^{時報廣場}에 도착해서 네게 줄 『만약 겨울밤 외로운 여행자라면^{如果在冬夜, 一個旅人}』을 샀어. 눈물이 멈추지 않고 뚝뚝 떨어지더라. 네가 멀리 프랑스에서 아파한다고 생각하니까 내가 뭘 할 수 있겠니? 지금 나는 정말 할 말이 없다. 할 말이 없어! 그저 눈물만 흘릴 뿐…….

잘 자, 조에. 너의 산소로부터.

○

쓸쓸할 때면 내가 여기서 널 기다린다는 걸 기억해! 나는 너와 함께 있어.

잘 자, 조에. 쓸쓸한 네가 너무 맘에 걸려…….

○

긴긴 시간을 견딜 때마다 매번 네가 분명하게 내 곁
에 있음을 느낀다.

○

넌 결국 떠나고 말 것 같다. 네가 도망쳐서 떠나는 게
아니고 운명에 정해진 대로 말이야. 내가 너에게 진정으
로 맞는 사람이 아니란 생각이 들어……. 무슨 말인지
알겠니? 네가 나를 작은 부두쯤으로 여긴다는 건 아니
야. 사실상 나는 작은 부두일 수밖에 없단다. 결국은 언
젠가 너도 알게 될 날이 올 거야.

○

나는 가끔 생각을 해. 스물세 살에 첫사랑을 만난다
는 게 인생에서 뭘 의미하는 걸까? 대학 졸업 후에 마
주친 사랑에 대한 내 첫 번째 느낌은 '아니다'였어. 가
치관의 혼돈 속에서 너를 우연히 만나고 깊고 아름다
운 관계를 맺게 됐지. 나는 아무 준비 없이 곧바로 떠밀
려……. 어떻게 표현하면 좋을까? 나는 스스로가 믿는

것을 굳건하게 지키려는 마음이, 예컨대 가치관이 명확하지 않았지. 인간의 존엄과 자유, 관용, 열린 마음, 또 사랑에 대한 것, 순수할 것. 그런 것들. 조에, 네 승낙과 상관없이 내가 다른 사람과 가정을 이루고 아이 키우는 일을 상상하기 어렵다. 다른 사람에게 나 자신을 이토록 완전하게 주는 것도 다시는 상상할 수 없어. 나는 '부두의 관계'*를 잘 상상하지 못하겠다. 특히 너와 완벽하게 훌륭한 관계를 경험한 뒤로는. 만일 우리가 함께하지 못한다면 아마도 나는 정말 고아원을 운영하게 될 거야. 그렇게 되면 나는 언제나 아이들을 사랑할 수 있고, 아이들에게 자유와 존중을 가르치고, 아이들에게 온화함을 나눠 줄 수 있겠지.

○

새로운 직장에 출근하면서 마음이 가라앉았지만, 또 다른 종류의 불안이 솟아올랐다. 새로 직면해야 할 생활에 대한 알 수 없는 두려움으로 전전긍긍이야. 조에, 너는 그곳에서 날 기다릴 거니? 내가 확고하게 서기 전에 네가 도망가는 건 아닐까? 나 홀로 외롭게 남겨져서

●   배가 잠시 정박했다 떠나는 부두처럼 불안정한 관계를 뜻한다.

비틀거리게 되는 건 아닐까? 오늘 나는 네게 새롭게 필요한 것을 느꼈어. 마치 깜깜한 곳에서 길을 찾는 어린 아이에게 동굴 입구에서 보살피고 지켜봐 줄 사람이 필요하듯이 나는 아이가 모든 것을 알게 하되, 여전히 자신의 힘에 의지하도록 할 거야. 하지만 그 손! 동굴 입구에서 기다리는 그 두 손은 아이가 앞으로 길을 탐색하고 길의 어둠을 참아 내는 데에 커다란 위로가 되겠지. 커다란 위로…….

○

나는 계속 너를 믿어. 내가 깨닫기도 전에 이미 너를 따라 정말 머나먼 길을 걸어왔지. 네 충실한 약속과 사랑에 상관없이 난 널 영원히 믿으려고 해. 그래, 난 널 믿을 거야. 지금도 어렴풋이 느낀다. 설령 네가 나를 떠난다 하더라도 내가 '변질'되지 않을 것을 믿어. 만약에 어느 날 네가 다른 사람과 사랑에 빠져서 나를 사랑하지 않는다면 나는 아마 문을 닫고 시들어 죽을 거야. 그래도 나는 절대로 비뚤어져 괴물이 되지는 않을래. 나는 전과 다름없이 너를 믿을 것이고 과거, 현재, 미래의 너까지 믿을 거야. 너는 그 사이 인과 관계를 따라갈 수 있겠니?

잘 자, 발끈해서 머리칼을 꼿꼿하게 세운 조에. 사랑

해. 널 믿어.

○

너와 전화하고 왔더니 마음이 훨씬 가볍다. 그림자가 아직 드리워지긴 했지만, 한동안은 태평한 척 꾸미며 살아갈 수 있다. 나는 너무 두렵다. 고리타분하고 약한 나를 용서해 줘. 네가 쓴 '좌절과 실패挫敗'란 말이 나를 일깨웠다. 나는 늘 양을 잃고 마는데, 너는 우리를 고쳐 준다.* equal to equal, 평등하지 않아. 원래는 온통 미안하다는 말로 도배한 장난 편지를 쓰려고 했어. 널 사랑해서 미안하고, 사랑받아서 미안해. 주저함 없이 용감하게 나아가는 네 삶에 미안해. 네 순수하고 맑고 넓은 새 생활에 미안해. 나를 위한 네 준비에 미안하고 내 문장 구조와 언어, 글쓰기에 미안하고, 책임지지 못한 모든 것에 미안해⋯⋯. 네가 날 위해 친구 삼아 남겨 둔 책들이 모두 물러서서 나를 흘겨보는 지경이 되어 미안해. 항상 미안하다는 소리밖에 할 줄 모르는 나 자신이 미워져서 미안해. 그래서 미안하다는 말을 찢어 버렸어.

* 사자성어 망양보뢰亡羊補牢에서 따온 말이다. 과거에는 일을 실패한 뒤에 재빨리 수습하면 그래도 늦지는 않다는 뜻으로 쓰였다.

다만 네가 있는 곳으로 가서 살아갈 용기를 찾고 싶어.
눈앞에 알록달록 반짝이는 전화 카드를 챙겼지.

조금 전 버스 정류장 옆 돌층계에 앉아 삼십 분 동안
파리의 아침이 밝아 오길 기다렸어. 한 어린 소녀가 나
를 지나치며 두 번이나 돌아보고 미소 짓더라. 꼭 내게
안길 것만 같았지. 너에게 전화할 수 있는 용기를 준 소
녀에게 고마웠어.

어제는 사랑이 너무 힘들게 느껴졌거든. 내 촘촘히
접힌 감정은 오직 너와 내가 함께하는 공간에서만, 서
로에게 편지를 쓸 때만 펼칠 수 있어. 그래서 널 사랑해
서 미안하다고 한 거야. 나는 정말 이 사랑을 위해서 한
쪽 하늘과 땅을 차지하고 싶어. 우리 사랑이 마음껏 가
지를 뻗고 잎을 펼치고 영양분을 받게끔 하고 싶어. 그
러면 지금처럼 풀이 죽어서 너를 힘들게 하지 않을 테니
까. 난 변하고 싶고, 더 강해지고 싶단다. 조에, 나를 도
와줘. 다시 기회를 줘.

좋은 아침, 조에. 내 사랑이 아직 부족해서 부끄러워
숨고 싶어. 네게 내 미소를 보낸다.

황금 맹세기 Ⅱ :

솜은 타이완에 있고,
조에는 프랑스 파리에 있다.

Can't help falling in love. 사랑할 수밖에 없어요.

*Wise men say only fools rush in, 현명한 사람들은
말해요. 바보들만 서두른다고*

*But I can't help falling in love with you. 하지만 난
당신을 사랑할 수밖에 없어요.*

*Shall I stay? Would it be a sin? 내가 기다릴까요? 그
게 죄가 되나요?*

*If I can't help falling in love with you. 만일 내가 당
신을 사랑할 수밖에 없다면*

*Like a river flows surely to the sea, 강물이 흘러 분
명히 바다로 가듯이*

*Darling so it goes, Some things are meant to be. 그
대여 사랑도 그래요. 어떤 건 운명이죠.*

*Take my hand, take my whole life, too. 내 손을 잡
아요. 내 모든 삶 또한 가져가요.*

*For I can't help falling in love with you. 난 당신을
사랑할 수밖에 없으니까요.* •

●   「사랑할 수밖에 없어요Can't help falling in love」는 1961년 엘비스 프
     레슬리가 제작, 발표한 곡이다.

눈물을 흘리면서 내내 배회했다. 한 통의 전화, 한 곡의 노래, 사람들의 눈에 띄지 않는 공백기까지…….

○

오늘 저녁 타이베이에 비가 정말 많이 내렸어. 방 안은 춥고 공허하고 조용하다. 굳이 움직여 음악을 틀고 싶지 않아. 조그만 동작에도 경계가 흐트러질까 봐 겁이 난다. 예컨대 편지를 쓰는 동작 같은 것도. 행동하기 두려워. 겨울잠을 자고 싶어.

기후 변화가 사람을 두렵게 한다. 왜 굳이 기후 탓일까?

너는 돌아왔다가 다시 떠났다. 앞으로 반년 동안 출구가 없다. 그저 단순한 덧칠만 있을 뿐.

집중하려고 하면 도리어 마음이 끓어. 평정을 되찾자. 머리를 네 가슴에 기댈 수밖에.

○

우리 이렇게 떨어지지 말자, 응? 나는 앞으로 반년을 일주일에 이 분 삼십오 초 전화로 버티며 지낼 자신이 없어. 더욱이 너는 종종 풀기 어려운 문제들에 직면하잖니. 그런데도 네 곁에 있지 못하고 네게 몇 마디 위로의 말조차 할 수 없다. 잔혹한 형벌!

○

—너 아기 돼지랑 꼭 같이 있어야 해!

오후에 네가 아기 돼지 인형을 잘 받았다고 들었을 때, 내가 사무실에 있는 게 원망스러웠어. 그래도 꼭 큰 소리로 떠들고 소리 질러야만 마음속 '위안'을 표현할 수 있는 건 아니잖아. 타이완과 프랑스의 집배원에게 감사해. 사흘 안에 조에가 아기 돼지를 받아 동반자가 생겼으니까. (아기 돼지, 반쯤은 진짜 사람이야.)

아기 돼지를 보내기 전날 밤, 이 여자아이를 앞에 두고 네게 편지를 썼지. 아이가 너와 함께하면서 나를 위해 널 지켜볼 거야. (눈코 모두 동원해서) 나는 이미 내가 아기 돼지랑 한 몸처럼 느껴진다. 아기 돼지가 네 곁에 오래 함께 있길 바라. 아기 돼지는 꼬리가 돌돌 말렸어! 너 우리 애 꼬리를 대충 본 건 아니겠지……. 그럼 나도, 아기 돼지도 조금 슬플 거야.

○

필하모니 공연이 끝난 뒤, 앙코르 때 연주된 왈츠 선율이 아직도 머릿속에 남아 빙빙 맴돈다. 나 홀로 중정기념당 밖의 넓고 넓은 붉은 벽돌 길을 걸으면서, 여기서 너와 키스를 한다면 얼마나 낭만적일까 생각했어. 11월에 콘서트장 세 번과 영화관 다섯 번을 모두 나 혼자 다녔어. 길을 걷다 보면 코끝이 찡하고 거리마다 구석구석 우리 그림자가 어린다! 10시 15분에 낡고 지저분한 버스를 탔더니 내 양쪽에 앉은 남자들에게서 땀 냄새가 났지. 멀리서 한 대학원생이 약간 말을 더듬으며 주절거리는 소리가 들렸는데 계속 신경이 쓰이고 괴로웠어. 너에 대한 기억이 계속 들끓었거든. 듣는 내 마음을 너무나 아프게 했던 슬프고 공허한 그 통화 말이야. 침몰하는 배에 구명보트는 오직 한 척뿐이고, 오직 한 사람만 구할 수 있는 상황이지. 너는 나를 구해 배를 밀지만 나는 가지 않아. 나는 안 가고 싶은 걸!

나는 네가 떠나도록 놓아주지 않겠어. 죽을힘을 다해 강해질 거야. 그러기 전에 너도 약해질 권리가 없어. 너는 내가 부서지도록 내버려 둬선 안 돼. 알겠지? 화장대 앞에 앉아 얼굴을 가까이 살펴보니 창밖에서 들어오는 희미한 빛이 뺨 위로 떨어지면서 거울 속에 해골 같은 몰골이 드러났지. 두 눈은 깊게 꺼지고, 양 볼은 움푹 들어가고, 얼굴빛은 검어지고……. 나는 나 자신이 약해지도록 내버려 두지 않겠어. 걱정하지 마. 조에는 내가 삶의 의지라고 말했잖아. 맞지? 삶의 의지인 사람이 먼저 쓰러지면 되겠니?

잘 자, 조에. 내가 널 얼마나 사랑하는지 알아?

○

끝도 없이 너에게 녹아떨어진다. 너를 그리워하는 한계가 어디쯤인지 모르겠어. 꿈속에서 너는 큰 침대에서 잠들었고 나는 서재 청소를 했지. 허공에 발라드 가수 진승陳昇의 노래가 들리다 말다 했고, 너는 '빨리 와! 안 오면 가 버릴 거야.' 라고 말했고, 나는 곧 서재 청소를 끝냈지만 사방을 둘러봐도 너를 찾을 수 없었어. 깨어나니 온몸이 땀에 젖었더라. 조에, 이제 서재 청소를 하려고 고집부리지 않을 거야. 너와 함께 있는 것이 내 최대 바람이다. 나는 지금 이 분리를 견디는 정신의 극한이 어디쯤인지 정말 모르겠어. 전화 걸기가 두려워. 전화를 끊고 나면 더 괴롭기 때문이야. 하지만 전화하지 않으면 또 혼자 타이베이에서 정신을 잃고 헤맨다. 혼수상태를 이용해 백 년의 기다림을 막아 봐야지.

○

너와 함께 있을 수만 있다면 어떤 소용돌이나 마찰도

참을 수 있어. 코가 멍 들고 얼굴이 부어오르고 피부가 다 벗겨져도 나는 다 견딜 수 있고 견디기를 바라. 하지만 나를 버리지 마. 이 세상에 나를 혼자 외롭게 남겨 두지 마! 정말 부탁이야.

네가 말하길, 프랑스에서 쓴 일기에 나를 업어 주겠다고 했다며. 너는 내 삶 속에 네 위치를 빠삭하게 꿴다. 그래서 너는 슬픔으로 말문이 막혔던 거야. 그렇지?

조에. 내가 계속 네게 치근댈 수 있게, 기다림의 고통 속에 있게 해 줘. 나는 절대 너를 혼자 고통 속에 버려 둘 수 없어.

○

네가 보고 싶어. 너랑 얘기하고 싶어. 꿈에 네가 돌아왔는데, 너랑 얘기를 하나도 못하고 울기만 했지 뭐야. 현실 속의 모든 것을 버리고 오직 네게만 의지하고 싶어. 내 정신이 무척 허약하다.

○

나를 다해 너를 책임질 것이다. 안심하고 너를 내게 맡겨. 과거에 네가 성실했든 아니든 상관없이 나는 이미 나를 네게 맡겼어. 내 마음을 돌볼 수 있는 하나뿐인 사람이 너라는 것을 안다. 넌 네가 대머리나 배불뚝이로 변하는 것을 용납하지 않을 사람이고, 네 정신이 더 크고 아름답게 자라도록 노력할 사람이니까. 그렇지? 너는 자신이 천박해지는 것을 스스로 못 견딜 테니까. 그렇지? 나는 너와 함께할 때만 비로소 순수한 감정 세계 안에서 지낼 수 있음을 안다.

○

꿈에서 매일 가위에 눌려 숨이 막혀. 전에는 겪어 보지 않은 일이야. 나는 매일 너랑 얘기하고 싶어. 네가 나를 사랑한다고 말하는 걸 계속 듣고 싶어. 내가 왜 이러는지 모르겠다.

○

한 줄기 불빛이 내 생활에 하루 종일 활력을 불어넣는다. 누군가의 사랑을 받는 여성에게는 몸과 마음 모두 아름답게 윤나는 일종의 풍성함이 있다. 선명한 사파이어색이다.

○

너와 함께 살고 싶어. 같이 호흡하고, 같이 안고, 같이 자고. 나는 아직도 네게 나를 믿으라고 한다. 나에게 기회를 달라고 부탁하잖니. 네가 보증 수표 같은 존재가 되길 바라지만 넌 그러지 않으려나 봐.

제발 나와 우리를 포기하지 말아 줘.

○

조에, 대답해 줘. 우리 영원히 절대로 서로를 믿는 연인이 되자, 응? 영원히 너를 믿고 응원할 거라는 사실을 믿어 주길 바라. 알겠지? 우리 사이에는 망설임이나 거짓이 없도록 하자, 응? 온 세상 모든 사람들이 우리를 등질 때도 집에 돌아가면 우릴 맞이할 따뜻한 두 팔이 있다는 믿음을 갖게 하자. 알겠지?

○

우리는 서로 다른 두 세계에서 왔다. 이건 운명이야.

사랑이 얼마나 미치도록 뜨겁든 얼마나 많은 순간 평화로운 '친밀감'을 함께 누리든 상관없이 본질은 그렇다.

내가 매번 욕심껏 네가 필요하다고 느낄 때마다, 네가 받쳐 주는 모든 것을 누리고 내가 욕심낸 사랑에 완벽하게 만족할 때마다 내가 자살 비행기처럼 느껴진다. 쾌속으로 급강하하는 아찔한 쾌감과 낭만적인 열정 뒤에 곧 폭발하여 사라지는 것이다.

오늘 너의 일기를 받았어. 내게 슬퍼하지 말라고 썼더라. 하지만 나는 울다가 옷을 입은 채로 잠들었지. 내가 이러는 건 일기 내용과 관계없단다. 심오한 네 세계일 뿐, 불안과 두려움은 내 몫이겠지.

내가 감히 너를 사랑하게 될 줄 몰랐어. 우리 사랑에서 내가 핑곗거리로 삼을 만한 것은 한 줄기 '어리석음'뿐이다. 고작 신기루 같은 자신감을 더하면서 너를 사랑할 수 있다고 거짓으로 꾸미지만 마음속으로는 가장임을 알아. 틀림없는 가장이고, 결국 가장의 결과로 증명할 수 있는 것은 너를 사랑할 수 없다는 사실이다.

때로는 생각해. 내가 너무 욕심이 많은가. 작은 부두보다 좀 더 큰 부두가 되는 게 뭐가 그리 잘못이지?

네가 파리에서 애쓰는 모든 일에 대해 나는 끝없이 감동한다. 나를 사랑하기 때문에 내게 사랑받으려고 애쓰는 점에도 감동했어.

내가 좀 외롭다고 말해도 괜찮을까?

눈 내리는 파리는 무척 아름답겠지, 잘 자.

○

점심 때 동료가 갑자기 자클린 뒤 프레Jacqueline du Pré의 바흐 무반주 첼로 곡을 틀었어. 조용한 사무실 안에 뒤 프레의 첼로 소리만 고요히 흐르자 어느새 시공간이 작년 4, 5월의 심야로 돌아간 느낌이었지. 그 깊은 밤에 뒤 프레의 첼로 연주를 배경으로 깔고 네게 줄 생일 선물로 「조에가 솜에게 보내는 편지」를 낭독해 세 개의 테이프에 녹음했어. 마음이 아파 오는 것은 애절한 뒤 프레의 연주 때문일까? 분별하기 어려워. 첼로 소리를 듣자니 마음이 너무 아픈데, 알고 있니? 나중에 뒤 프레는 반신불수가 되어 첼로 연주를 할 수 없게 되었다는 걸. 남편인 피아니스트 다니엘 바렌보임Daniel Barenboim은 나중에 뒤 프레에게 '무심'해졌지만 그것은 누구의 잘못도 아니야. 관계의 본질이란 원래 그렇게 잔인한 것이니까. 아니니? 진정으로 우리 관계는 그런 비극을 초월할 것이라 생각해.

추신. 네가 시간이 없어서 녹음테이프들을 받고도 바로 듣지 못해 괴로웠다며. 나는 그것들이 마냥 부끄럽기만 해.

○

아직도 전화가 불통이구나. 막막하고 알 수 없는 처지에 놓였다.

외로워서 미칠 것 같아. 일주일 넘게 네게서 편지가 없고 생활은 완전히 중심을 잃었어. 게다가 파리의 너까지 심한 고통 속에 있다니 내 정신은 온통 뒤죽박죽 헤맨다.

매일 하루에 두 번씩 파리로 전화를 걸어 벨 소리가 서른 번 넘게 울리도록 귀 기울였지. 처음에는 화가 났다가 지금은 평정을 되찾았어. 전화선상으로라도 네 곁에 있으면 됐지. 나를 아큐阿Q*라고 욕해도 그만이다. 나를 모래에 머리를 박은 타조라고 말해도 상관없어. 그래, 나는 이기적이고 약해 빠진 데다가 오직 자기만 생각하며 대충 구차하게 살아가는 존재라고 해 두자!

나를 네 생활 속에서 깨끗이 지우진 말아 줘! 이번 주에 나는 죽을힘을 다해 잠을 자 보려고 애썼다. 네가 없으면 내가 사라질 것이라는 확신 때문은 아니고, 거울 속 내 모습이 갈수록 초췌하고 넋 나가 보였기 때문이야. 생활 속에 늘 알 수 없는 불안이 좌우로 따라붙는다. 자꾸자꾸 답답하고 자유롭지 않다.

조에, 감정에 대해서라면 나는 확실히 둔하다. 반응하

●   루쉰의 소설 『아큐정전』의 주인공으로 어리석고 무능하지만 자존심이 강한 인물이다.

는 것도, 표현하는 것도 모두 그래. 하지만 너를 가장 사랑한다는 것을 믿어 줘. 네 욕망조차도 사랑해. 너를 사랑하는 동작 하나하나에 나는 온 마음을 다한단다. 온 마음 온 힘으로.

혹시 넌 이미 나를 떠난 거니?

○

내게 편지를 써 주지 않을래? 이삼 주에 한 번이라도 좋아. 네가 무엇을 하는지, 누구와 어울리는지 말해 줘. 네 소식이 궁금하고 걱정된다. 너의 새 주소가 없어. 네가 깜빡한 것인지, 아니면 다른 이유로 새 주소를 안 주는 건지 무서워. 아, 난 화살에 놀란 새야!

○

조에, 제발 이 생에서는 '비둘기를 날려 보내듯' 나를 가는 대로 내버리지 말아 줘. 안 될까?

○

나는 마침내 조에를 잃었다. 뻔히 눈앞에서. 할 말이 없어.

한 발짝 한 발짝씩, 내가 속한 제도와 조에 사이에서 제도를 선택하며 조에를 함부로 버리고 돌아보지 않았다. 지금 나는 진실로 조에를 잃었기에 이 제도를 향해 극도로 흥분해 소리치고 싶다. 이제야 조에가 제도 안에서 받는 고통을 진정으로 알기 시작했다.

하지만 안다 해도 이미 늦었어. 나는 조에가 이미 떠났다는 것을 안다. 나는 눈을 뻔히 뜬 채 마지막으로 조에가 내게 준 기회를 포기했지.

우리 애정에 물을 대고 양분을 주는 것에 대해 나는 언제나 힘이 없었고 내내 조에에게 의지해 왔다. 하지만 내 필요에 따라 양분을 얻고, 그 양분을 제도에 속한 사람들에게 함부로 썼다. 마침내 나는 내 생애에서 조에가 나를 가장 사랑한 순간을 놓쳤으며, 결국 나를 깊이 사랑했던 조에를 잃고 말았다. 방 안이 우리가 사랑했던 흔적들로 가득하다. 결코 돌려줄 수 없는 것들. 조에가 내게 주었던 것은 평생 간직할 것이다. 아무것도 줄 수 없어. 파리로 가서 조에를 찾기 전까지는 나를 위해 남긴 모든 것을 아끼고 쓰다듬을 뿐.

○

격렬하게 사랑하고 싶다.

네가 나를 씹어 먹었으면 좋겠다.

네가 내 이성적인 뇌를 삼켜 버렸으면 좋겠다.

Letter Twenty

스무 번째 편지

6월 17일

○

　토토는 아주 작았다. 몸길이가 대략 15센티미터 정도인 토끼로 거의 새하얗지만 온몸의 끝부분인 발바닥, 손바닥, 코끝, 두 귀의 끝, 꼬리 끝은 회색이었다. 솜과 내가 퐁 네프Pont Neuf 근처에 센강을 따라 늘어선 동식물 가게를 구경하러 갔을 때, 첫 번째 집에서 솜은 토토를 보자마자 첫눈에 반했다. 우리는 몇몇 다른 가게들도 구경했고, 일어서면 거의 우리 허리 높이까지 오는 무섭게 커다란 토끼를 보며 웃었다. 이렇게 큰 토끼를 클리시 집에서 키울 경우 얼마나 무서운 일이 일어날지 웃기는 얘기를 짜내기 시작했다. 밥 먹을 때면 목에 턱받이를 하고 우리와 함께 식탁에 앉을 거라는 둥, 35제곱미터 아파트에서 한 번 펄쩍 뛰면 부엌에서 침실로 단번에 가겠다는 둥, 거실 가운데 벽을 들이받아 부수겠다는 둥……. 우리는 또 다른 가게들에 들러 작은 토끼

들을 더 구경했지만 특별히 눈에 들어오는 아이가 없었다. 결국 솜이 말하길 동물을 키우는 것도 인연이라 마음에 끌리는 것이 중요하다고 해서 우리는 다시 첫 번째 가게로 갔다. 태어난 지 삼 개월 밖에 안 된 토끼 두 마리 중 하나를 점찍어 가게 주인에게 말했다. 가게 주인은 그 아이를 장에서 꺼내 주었고, 나는 사료라든가 돌보는 법, 어떻게 아픈 것을 아는지 등을 무더기로 질문했다. 그러자 가게 주인은 작은 토끼의 꼬리 밑을 보여주며 수컷인지를 살폈다. 그 아이는 우리가 원한 토토가 아니었다. 솜은 장 안의 다른 한 마리를 보더니, 녀석이 그녀가 첫눈에 반했던 분홍색 두 눈의 토토라고 했다! 우리는 벅차고 기쁜 마음으로 분홍 눈의 토끼와 녀석의 살림살이들을 들고 클리시로 돌아왔다.

우리는 50센티미터 길이의 새하얀 장을 함께 들고, 퐁 네프의 전철역으로 들어가서 7호선 지하철을 타고 루브르 박물관Musée du Louvre 역에 도착해 1호선으로 환승, 샹젤리제 클레망소Champs-Élysées–Clemenceau 역에서 다시 13호선으로 환승해 클리시로 왔다. 퇴근길 최고로 붐비는 지하철 안, 하얀 장은 바닥에 두었다. 나는 커다란 토끼 사료 세 봉지를 짊어진 채 지하철 손잡이에 의지해 섰고 솜은 자리에 앉아 작은 종이 박스 안에 든 토토를 얼렀다⋯⋯. 나는 둘을 보면서 내 인생의 동반자로 삼겠다고 결심하며 그들을 위해 목숨 다해 험난한 인생 여정을 견딜 것이라 생각했다.

─조에, 너를 도와 토토를 잘 보살필게.

아, 만일 누군가가 이 책을 모든 줄거리가 사라진 무자천서無字天書*라고 부른다면 그것도 맞는 말이다. 나는 언제나 우리의 사랑이 나를 붙잡은 것인지 솜을 붙잡은 것인지 잘 알지 못했다. 그러면 우리가 아닌 우리의 사랑을 붙잡은 것일까? 솜을 처음 봤을 때(우리 둘이 채 말도 섞기 전)부터 나는 매일 밤 그녀가 나오는 꿈을 꿨다. 매일 계속되는 꿈이 솜에게 편지를 쓰게 했으며 나는 모든 것을 돌아보지 않고 그녀를 사랑했……. 솜은 언제나 나를 공포분자恐怖份子**에다 신비주의자라고 놀렸다. 내가? 내가 아닐 수 있겠어? 인간 생존 중 비이성적이고 초자연적인 영역에서 과연 내가 선택할 여지가 있을까? 이성은 한 인간을 죽거나 미치지 않게 막을 수 있고, 한 인간이 사랑하는 사람에게 함부로 불충한 것을 막을 수 있고, 불충으로 인해 한 사람이 죽게 되는 순간을 막을 수 있는가? 나는 깊이 절망한다. 마지막 날까지 내 대답은 '**아니(NO)**'다. 최후의 하루임에도 불구하고 나는 어쩔 수 없이 솜을 사랑하게 된 운명에 묶인 것을 명확하고 분명하게 느끼며, 멈출 수 없는 솜의 불충, 배신, 포기라는 벼락을 맞아 죽을 것이다. 나는 솜을 사

●　　글자가 없는, 하늘이 만든 책.

●●　　공포를 일으키는 개체.

랑한 것을 한 번도 후회한 적이 없다. 나는 솜이 파리로 왔던 것, 그녀에게 아름다운 집과 완전한 사랑을 줄 수 있었던 것이 행복하다. 몇 년 동안의 숙원. 나는 소원을 이루었다. 하지만 나는 깊이 절망한다. 나 자신의 기이한 성격과 기이한 운명에 절망하는 것이다······.

솜은 불충하게 태어나지 않았고, 나 역시 충실하게 태어나지 않았다. 내 인생은 불충에서 충성으로 가는 여정이고 솜의 인생은 충성에서 불충으로 가는 여정이다. 이 모두는 우리 각자의 자질에 의해 전개된 여정이며, 다만 우리의 여정이 교차하는 순간에 내 취약성이 폭발한 것이다. 이렇게 나라는 개체는 소리 소문 없이 이 세상에서 희생된다. 모든 것은 대자연의 이치일 뿐이다.

다자이 오사무가 『인간 실격』에서 묘사한 주인공은 오랫동안 퇴폐적인 생활을 하다가 어리고 천진난만한 아가씨를 아내로 맞이한다. 아내는 그에게 있어 푸른 새싹이자 폭포 같은 존재로 어둡고 더러웠던 삶을 깨끗이 씻어 준다. 그는 한동안 새신랑 같은 소시민적인 생활을 누린다. 그러던 어느 날, 그는 우연히 옥상에 있다가 사람을 잘 믿는 아내와 장사꾼 남자가 아래층에서 성교 중인 것을 목격하고······. 다자이 오사무는 아내의 잘못이 아니라고 말하지만, 치명상을 입고 만다.

인간의 본성에는 치명적인 약점이 있다. '사랑'이란 상대의 본성 전부를 사랑하는 것이다. 좋든 나쁘든, 착하든 악하든, 아름답든 비참하든. 사랑이 경험해야 하는 것은 인간 본성에 관한 모든 자료다. 무작위로 선택된 인성도, 자신과 상대방의 생명 속에 있는 인성도 모두 겪어야 한다. 사랑하지 않겠다면 몰라도 우리에게는 선택의 여지가 없다.

토토의 집은 우리 침대 발치에 놓였다. 녀석은 활발하게 움직이며 책장의 책을 무수히 물어뜯었다. 우리는 밥을 먹을 때도 토토를 식탁 위에 데려다 놓았다. 밤늦도록 책이나 텔레비전을 볼 때도 녀석은 우리와 함께였다. 토토는 솜의 책상 아래 누워 쉬는 것을 가장 좋아했다. 학교에서 돌아오면 우리가 가장 먼저 하는 일이 장을 열어 토토를 풀어 주는 것이었다. 토토는 우리 중 한 사람이 먼저 잠들 때가 되어서야 제집으로 돌아갔다. 솜이 토토와 노는 모습을 보는 것, 토토에게 플레인 요구르트를 먹이는 것, 토토를 위해 잠자리에 까는 건초를 바꿔 주고 사료를 주는 것, 토토를 부드럽게 쓰다듬는 것, 집 안에서 토토를 쫓아다니는 것. 이런 작은 일들이 내 '집'에 대한 갈망과 환상의 전부였고 내게 가장 행복한 일이었다. 나는 결코 인생에 많은 것을 바라지 않았다.

앙드레 지드는 말년에 아내가 죽은 뒤 『슬픔을 보내며』를 써서 아내에 대한 사랑을 표현하고 원망을 뉘우쳤다. 나는 이 책을 쓰면서 지난 오 년 동안 함께한 『슬픔을 보내며』를 반복해서 읽었다. 지드가 이 책을 통해 말한 것, 사랑과 원망에 대한 진실한 힘이 내가 책을 완성하도록 격려했으며 이 고통스러운 허구의 글쓰기 과정을 진정으로 위로했다. 오직 진실한 예술 정신만이 인간의 영혼을 위로할 수 있다.

지드가 말했다. '우리 이야기의 특색은 어떤 명확한 윤곽이 없다는 것입니다. 그것은 아주 긴 시간으로 내 일생에 대한 것이며 지속되지만 보이지 않는 비밀, 사실을 담은 희극입니다.'

나는 언제나 토토를 안아 올려 뽀뽀하고 냄새를 맡고 살짝 깨물었다. 솜은 지나치게 토끼를 사랑하는 내게 웃으면서 항의하기도 했다. 나는 토토를 사랑하는 것이 솜에 대한 사랑의 전이라고 여겼다. 솜과 토토는 점점 더 친해지며 서로 이해했고, 천성이 통하는 것 같았다. 반대로 내 천성은 그 둘과 동떨어진 느낌이었다. 우리가 두 번 장거리 여행을 떠났을 때 솜은 토토를 여행에 데려가자고 내게 애원했다. 토토 혼자 오랫동안 집에 두지 말자고 했다. 결국 토토의 안전을 고려해 집에 남겨 두긴 했지만 말이다. 솜은 우리의 장기 여행 중에 토토의 먹이가 부족할까 봐 푸른 잎의 화분 하나를 토토 집 옆에 옮겨 놓았다. 우리가 여행을 끝내고 돌아왔을 때 토토는 식물의 푸른 잎을 대부분 먹어 치운 상태였다.

솜이 비행기를 타고 파리를 떠나던 날 새벽, 그녀는 카메라로 토토의 사진을 찍은 다음 고개를 돌려 짐을 꾸렸다. 토토는 계속 솜의 발 근처를 빙빙 돌았다. 순간 솜이 한쪽 다리를 높이 들어 올렸다. 토토의 작은 몸이 솜의 발뒤꿈치를 잡고 올라 공중에 떴다. 그때 순식간에 내 심장이 조여들었다. 토토도 솜을 보내기 싫었던 것이다. 토토에게도 영혼이 있고, 솜이 우리 둘을 버린다는 것을 알았다. 녀석의 겨우 열 달 남짓한 짧은 생이 솜과의 영원한 이별을 눈치챈 것이다!

─조에, 토토는 지금 뭐 하고 있을까?

나는 영원히 그 장면을 잊을 수 없다. 우리가 야간 침대 열차를 타고 니스에서 파리로 돌아오던 밤이었다. 내가 이불을 덮어 주려고 침대 위로 올라갔을 때 솜이 한 말이다.

나는 침대에서 뛰어내려 기차의 복도로 나갔다. 바람이 불어 유리창을 세차게 두드렸고 창밖의 세상은 희미한 별빛뿐, 온통 칠흑 같이 어두웠다. 나는 담배에 불을 붙이고 자문했다. 어떻게 해야 솜을 계속 사랑할 수 있어?

─조에, 집에 돌아가면 토토가 넥타이에 정장을 차려입고 문을 열어 우리를 맞이하지 않을까?

─조에.

앙겔로풀로스의 모든 영화 중에 나를 가장 감동시킨 장면은 「알렉산더 대왕Alexandre le Grand」이라는 작품 속에 있다. 알렉산더는 어려서부터 그의 어머니를 사랑했으며, 훗날 어머니와 결혼한다. 어머니는 독재 정권에 저항했다는 이유로 하얀 웨딩드레스를 입은 채 총살당하며, 알렉산더는 평생 동안 그녀만을 사랑한다. 알렉산더가 전쟁터에서 돌아와 방으로 들어선다. 순간 그의 눈에 들어온 것은 텅 빈 방에 놓인 침대와 벽에 걸린 어머니의 피 묻은 웨딩드레스다. 알렉산더는 벽에 걸린 드레스를 보며 말한다. ***Femme, je suis retourné. 여인이여, 돌아왔어요.*** 그는 가만히 누워 잠을 청한다.

바로 이렇게. 나는 푸른 호숫가에 가만히 누워 죽기를 갈망한다. 죽으면 내 몸은 새나 들짐승에게 나눠 주고, 눈썹의 윤곽 뼈만 남겨 솜에게 바치겠다. 알렉산더처럼 단 하나뿐인 영원한 사랑에 충성하면서.

Witness

증인

Je vous souhaite bonheur et santé

mais je ne puis accomplir votre voyage

je suis un visiteur.

Tout ce que je touche

me fait réellement souffrir

et puis ne m'appartient pas.

Toujours il se trouve quelqu'un pour dire:

C'est à moi.

Moi j'en ai rien à moi,

avais-je dit un jour avec orgueil

à présent je sais que rien signifie

rien.

Que l'on n'a même pas un nom.

Et qu'il faut en emprunter un, parfois.

Vous pouvez me donner un lieu à regarder.

Oubliez-moi du côté de la mer.

Je vous souhaite bonheur et santé.

— THEO ANGELOPOULOS,

「Le pas suspendu de la cignogne」

나는 당신이 행복하고 건강하길 빕니다.
하지만 더 이상 당신의 여정을 완성할 수 없다오.
나는 지나가는 사람.
내가 만난 모든 것들은
정말 나를 아프게 했으며
나는 어쩔 수 없었다오.
언젠가는 누군가가 나타나 말하겠지.
이것이 나다.
내게는 내 것이 없었습니다.
어느 날 내가 자랑스레 이것을 말할 수 있을까요.
요즘 나는 알고 있어요, 없으면 그냥
없는 것뿐.
우리는 똑같이 이름이 없습니다.
하지만 어떤 때는 꼭 이름 하나를 빌려야 하겠지요.
당신이 내게 멀리 바라볼 곳을 마련해 주오.
나를 해변에서 잊어 주오.
나는 당신이 행복하고 건강하길 바랍니다.

― 앙겔로풀로스 「황새의 정지된 비상」

자기 삶의 주인

○

『악어 노트』에 이어 『몽마르트르 유서』를 옮기고 나니 특별하게 다가왔던 구묘진 작가와의 인연을 비로소 잘 갈무리한 느낌이 든다. 작가의 대표작인 두 작품을 비교적 가까운 시간 차를 두고 완역하게 되어 개인적으로 뿌듯하고, 움직씨의 의미 있는 기획에 박수와 감사를 드린다.

『악어 노트』의 마지막 장면에서 악어는 '악어의 유언'이라는 제목의 텔레비전 방송을 통해 불길에 휩싸인 배를 탄 채 바다로 떠밀려 사라진다. 『몽마르트르 유서』 또한 작가의 분신이었던 악어가 세상으로부터 부당하게 배척당한 그 연장선상에서 잉태된 작가의 자전 소설이다. 전자가 대학 생활 사 년간의 방황과 고뇌라면, 후자는 작가가 프랑스 유학을 계기로 어렵게 안착시킨 사랑이 붕괴되고 비워지는 과정이다.

『몽마르트르 유서』는 파경을 맞은 주인공이 애써 사랑을 되돌리는 과정을 거치면서 죽음에 이르는 이야기지만, 아이러니하게도 주인공 '조에'의 이름은 그리스 문자로 생명을 뜻하는 말이다. 여기에서 우리는 이 작품이 지향하는 바를 어렵지 않게 유추할 수 있다. 조에의 선택은 결코 고통 앞에 무릎 꿇은 회피성 소멸이 아니다. 조에는 견고한 세상의 벽을 향해 몸을 던져 새로운 변화를 꿈꾸었던 용감한 전사다. 개인에 대한 이해 없이 전형화된 사회의 도덕이나 관습이 얼마나 많은 사람을 무심하게 죽음으로 몰아가는가? 가시적 폭력에 의한 죽음이 많을까, 사회적 편견과 무지로 인한 죽음이 많을까? 『몽마르트르 유서』는 이런 질문을 야기함으로써 사회 인식을 환기시키는 신선한 바람이 되었다. 이런 기류가 저변 확대되었을 때, 부조리한 현실로 인해 지치고 절망한 영혼들이 위로받고 삶을 다시 길어 올리게 되는 것이다.

조에의 운명을 바꾸어 놓은 연인 '솜'은 한때 조에의 안위가 걱정되어 자기 건강을 잃을 정도로 조에를 사랑했던 동반자다. 열애 시절, 솜이 조에에게 가장 선물하고 싶었던 것은 '늘 그곳에 있는 집'이었고 두 사람은 드디어 머나먼 타향 파리에서 토끼 토토와 함께 꿈의 보금자리를 마련한다. 그러나 솜은 갈등을 겪으면서 제도와 조에 사이에서 제도를 선택하고, 그녀의 가족과 지인들은 바로 이 파국의 지대한 조력자들이다.

조에에게도 그를 사랑하는 가족과 지인들이 있지만, 그들은 가까이 다가온 조에와의 영원한 이별을 알면서도 막을 수 없다. 스스로 예술가임을 자처하던 조에는 명실상부하게 예술혼을 불태우며 자기 삶의 주인으로 살았기에 누구도 그의 결행을 만류하지 못한 것이다. '예술가의 책임은 인류에게 사람을 사랑하는 능력을 일깨우는 것'이라는 타르코프스키의 말을 빌려 조에는 마지막까지 자기 이념을 피력하고 실천한다.

조에는 또 말한다. '저마다의 인간은 모두 이해받아야 한다고'. 돌이킬 수 없는 실연의 상처로 고별을 준비하면서 자신에게 가장 큰 행복을 선물해 준 '영'을 이 책의 증인으로 삼아 신후명身後名을 남긴 것이다.

신후명은 자신의 사후에도 남아 있을 사람들에게 보내는 작가의 의미 있는 메시지이며, 삶의 이정표가 될 잠언이기도 하다. 조에는 이 작품에 대해 '위대한 작품은 아니지만 젊은이들의 삶 속에서 아주 작은 부분을 깊고 밀도 높게 파헤친 순수한 작품'이라고 자평했다.

'순수'는 조에가 추구하던 모든 것의 초점이다. 그가 진정으로 두려워한 것은 '너로부터 나를' 또는 '나로부터 너를' 취소하는 일이다. 조에에게는 사랑의 배반보다 아무렇지도 않게 잊고 마는 사랑의 가벼움이 더 아프고 슬펐다.

조에는 사랑을 되돌리기 위해 끊임없이 관계의 잠재된 생명력을 강조한다. 상대를 너무 과소평가하지 마라,

오해하지 마라, 사랑은 필요해서 하는 것도 잘나서 하는 것도 아니고 운명적인 것이라고 말한다. 또한 자신의 죽음은 뒤엉켜 버린 사랑과의 완전한 화해이며, 자기 삶에 대한 세상의 몰이해를 용해시켜 진정한 성장을 도우려는 최후의 노력임을 명확히 밝힌다.

마지막 편지에서 조에는 좋아했던 앙겔로풀로스의 말을 빌려 돌아선 연인의 행복과 건강을 기원하면서, 자신의 선택이 도피가 아닌 '용서'의 여정임을 재차 증언하고 불꽃같았던 인생에게 안녕을 고한다.『몽마르트르 유서』를 펼치면서 사실 미욱한 나는 혹시나 하며 반전을 기대했지만 역시 반전은 없었다. 조에의 원대한 뜻을 알면서도 그를 생각하면 아직도 못내 안타깝고 애석하다. 사람들의 위선을 싫어하는 다자이 오사무를 좋아했고 타르코프스키의 '희생'을 이해하며 흠모했던 조에를 소환해 그의 순수한 영혼이 사라지지 않도록 미력이나마 보탠 것에 스스로 위안을 삼으면서 나는 이제 불사조를 떠올린다.

수명이 오백 년인 불사조는 수명이 다할 때쯤 향기로운 나무를 쌓아 불을 붙여 자신을 태운 뒤 타고 남은 재에서 새 생명을 얻어 부활한다고 전해 온다. 우리의 조에도 그러하길.

혐오의 증인

○

우리는 이미 그 사람이 겪는 불행을
최선을 다해 평가하면서 '공평한 관찰자
judicious spectator'의 자세를 취하기 시작한다.
— 마사 너스바움

구묘진 작가의 『몽마르트르 유서』는 우연한 만남에 의해 발견했다. 스물여섯의 나는 한 영화제 일로 타이완에 가게 되었고, 그곳에서 통역 스태프로 자원봉사를 하던 광팅Kuang Ting을 만났다. 광팅은 성 정체성을 스스로 밝힌 게이, 나는 성 정체성을 스스로 밝힌 레즈비언으로 성 소수자라는 공통분모 덕분에 금세 친해졌다. 활발하고 사려 깊은 광팅은 내가 문학 전공자이며 소설을 쓴다는 사실을 알게 된 이후 지하층까지 연결된 서점으로 나를 끌고 갔는데, 그때 광팅이 지하 서가를 더듬더듬 뒤져 찾아낸 책이 『몽마르트르 유서』 구판이었다.

빈티지풍의 멋스럽지만 어둑어둑한 서점 지하층에서 광팅은 당시 스물여섯인 내게 스물여섯에 스스로 생을 마친 소설가의 유작을 소개했다. 무림 고수 같은 분위기의 초상이 흐릿하게 찍힌 표지. 광팅은 표지의 그가 타이완에서 천재 소설가로 인정받는 구묘진 작가로, 레즈비언이고 우리와 같은 LGBTQ* 커뮤니티의 일원이기에 내가 언젠가 이 책을 꼭 읽어 봤으면 한다고 강조했다.

1990년대, 세기말에 첫 퀴어 소설 『악어 노트』 발표하며 커밍아웃을 한 아시아 여성 작가. 타이완에서 가장 영향력 있는 중국시보 문학상을 수상하며 문학계의 주목을 받았으나, 파리 제8대학에서 여성학과 철학 공부를 이어 가던 중 일 년 만에 마지막 소설 『몽마르트르 유서』를 남기고 스스로 삶을 내려놓은 구묘진의 책은 마치 전설처럼 내 뇌리에서 떠나지 않았다. 그로부터 무려 십사 년이 흐른 지금, 확고한 성 정체성과 성적 지향 외에는 아무것도 준비되지 않았던 나의 청춘은 희미해졌지만 언젠가 꼭 해독해야 할 암호 같았던 『몽마르트

---

* 성 소수자 중 레즈비언Lesbian, 게이Gay, 양성애자Bisexual, 트랜스젠더Transgender, 자신의 성정체성이나 성적 지향에 의문을 품은 사람Questioner 을 합하여 부르는 말.

르 유서』가 한국어판으로 만들어졌다. 동성 배우자 나낮잠과 함께 출판에 나서지 않았다면 이 책은 출간되지 않은 채 누군가가 국외자에게 전하는 전설쯤으로 남겨졌을지도 모른다.

나와 배우자는 이 책을 코로나19$^{COVID-19}$ 백신이 보급되기 직전 대유행 위기에 편집했다. 문학이 생존, 특히 여성과 퀴어들의 생존에 끼칠 영향력에 대해 생각할 수밖에 없었다. 구묘진 작가가 이별 과정에서 겪은 혐오와 수치심은 '이염易染', 전염성이 깊은 것으로 사회적 대책이 마련되지 않은 '치명상'이었다. 사랑이 혐오와 맞붙어 불현듯 취약한 한 인간을 '배반'할 때, 이 급작스러운 사건에 면역력을 갖추지 않은 채로 '봉쇄'를 지켜보는 일은 굉장히 고통스럽다. 실제로 근래 혐오의 정치에 치명상을 입어 그 짧고 안타까운 생을 내려놓은 성소수자의 부고가 잇따랐다. 이 책을 만드는 과정은 삶에 최선을 다해 충실하면서 죽음에 섣불리 이끌리지 않으려고 싸우는 여정이었다. 작가가 여성과 남성이라는 성별 이분법을 초월한 세계의 조에, 그리스어로 '생명'을 뜻하는 페르소나를 통해 스무 장의 편지를 완성하는 과정 또한 생의 의지와 치열하게 싸우는 여정이었을 것이다. 그런 조에를 바라보는 '혐오의 증인'이며 또 다른 국외자인 영이 도쿄에서 보내온 편지를 빌려 성 소수자인 우리는 '봉쇄'되기 전 서로에게 쓴다. "죽지 마. 죽음을 말하는 것이 두려운 게 아니다. 하지만 항의하기 위해선 죽지 마. 나는 네 삶을 이해하고 있어."

광팅은 구묘진 작가의 책이 우리 부부의 손으로 십사 년 만에 발행되는 과정은 '기적'이라고 말했다. 하지만 우리는 2019년 5월, 타이완에서 아시아 최초로 동성 결혼이 법제화되어 총통 차이잉원과 동료들의 축복 속에 광팅이 그의 군인 남편과 결혼한 과정이 보다 기적에 가까운 일이라고 생각한다. '부두의 관계'에서 벗어나 인간다운 가치가 넘치는 조에와 숨과 토토의 '작은 가정'을 갈망했던 구묘진 작가도 그 기적을 하늘에서 지켜봤을 것이다. 한국에서도 그 당연한 기적이 하루빨리 일어나길 바란다.

『몽마르트르 유서』는 타이완뿐 아니라 일본의 반문화反文化와 퀴어 문학에도 영향을 끼쳤다고 한다. 미국에서 주목받은 베트남계 퀴어 작가 오션 브엉의 책에서도 테레사 학경 차, 김혜순과 함께 거론되는 구묘진의 영향력을 확인할 수 있다. 아시아 퀴어 문학의 계보가 한국에서도 이어질 수 있게 구묘진의 책을 완역해 주신, 존경하는 방철환 번역가님의 노고에 새삼 감사드린다. 책이 출간되기까지 텀블벅과 SNS를 통해 응원해 주신 후원 독자님들께도 무척 감사하다.

노유다(공동 발행인)

몽마르트르
유서

蒙馬特遺書
LAST WORDS
FROM
MONTMARTRE

초판 2021년 3월 17일 첫판 1쇄 발행

중쇄 2021년 11월 05일 첫판 2쇄 발행

  2022년 11월 21일 첫판 3쇄 발행

지은이 구묘진

옮긴이 방철환

디자인 이지연

책임 편집 나낮잠, 노유다

펴낸 곳 도서출판 움직씨

주소 경기도 고양시 덕양구 세솔로 149, 1608-302 (우편번호 10557)

전화 031-963-2238 / **팩스** 0504-382-3775

이메일 oomzicc@queerbook.co.kr

홈페이지 www.queerbook.co.kr

온라인 스토어 oomzicc.com

트위터 twitter.com/oomzicc / **인스타그램** instagram.com/oomzicc

제작 북토리

인쇄 한국학술정보(주)

ISBN 979-11-90539-09-8 (03820)